中國新聞史研究輯刊

三 編

主編　方　漢　奇

副主編　王潤澤、程曼麗

第 5 冊

中國近現代新聞出版法制研究（下）

殷　莉　著

花木蘭文化出版社

國家圖書館出版品預行編目資料

中國近現代新聞出版法制研究（下）／殷莉 著—初版—新

北市：花木蘭文化出版社，2016〔民105〕

目 2+160 面；19×26 公分

（中國新聞史研究輯刊 三編：第 5 冊）

ISBN 978-986-404-526-6（精裝）

1. 新聞業 2. 出版法規 3. 中國

890.9208　　　　　　　　　　　　　　　105002056

ISBN-978-986-404-526-6

中國新聞史研究輯刊

三 編 第 五 冊　　　　ISBN：978-986-404-526-6

中國近現代新聞出版法制研究（下）

作　　者　殷莉
主　　編　方漢奇
副 主 編　王潤澤、程曼麗
總 編 輯　杜潔祥
出　　版　花木蘭文化出版社
發 行 所　花木蘭文化出版社
發 行 人　高小娟
聯絡地址　235 新北市中和區中安街七二號十三樓
　　　　　電話：02-2923-1455／傳真：02-2923-1452
網　　址　http://www.huamulan.tw 信箱 hml810518@gmail.com
印　　刷　普羅文化出版廣告事業
初　　版　2016 年 3 月
全書字數　298883 字
定　　價　三編 9 冊（精裝）新台幣 18,000 元

中國近現代新聞出版法制研究(下)

殷　莉　著

目
次

下　冊

下　編

第6章　和平時期新聞統制政策

論文研究時段以 1927 年 4 月 18 日南京國民政府成立為開端，到 1949 年 9 月 30 日中華人民共和國成立之前為止。其中以 1937 年 8 月 14 日國民政府發表抗戰聲明為界，將新聞統制政策分為和平時期與戰爭時期。8 月 14 日國民政府聲明稱：「中國決不放棄領土之任何部分，遇有侵略，惟有實行天賦之自衛權以應之。」〔註1〕15 日，蔣介石下達總動員令，將全國臨戰地區劃分為五個戰區。至此中國進入全面抗戰階段。

本章研究的內容是南京國民政府和平時期的新聞統制政策，時間為 1927 年 4 月 18 日到 1937 年 8 月 13 日。

6.1 新聞統制政策之背景

6.1.1 政治背景

1927 年 4 月 18 日南京國民政府成立之後，發出《秘字第一號命令》，通緝共產黨首要，繼續「清黨」，並在各地大規模屠殺共產黨人和革命志士。同年 7 月 15 日，以汪精衛為首的武漢國民政府宣佈與共產黨決裂，與南京國民政府和平統一，寧漢合流。這意味著第一次國共合作結束。

1928 年 2 月 3～7 日，國民黨二屆四中全會在南京召開，會議通過了「改組國民政府」等議案。規定國民政府受國民黨中央執行委員會指導監督，掌理全國政務，政府委員由國民黨中央委員會選舉。同年 9 月，國民黨二屆五中全會宣告全國進入訓政時期，由國民政府執行訓政職責，並決定以五院制

〔註1〕　中國大百科全書《中國歷史》（縮印本）第 333 頁，中國大百科全書出版社，1994 年 7 月。

組成國民政府。10 月，南京國民政府公佈《中華民國國民政府組織法》，規定國民政府總攬中華民國之治權，政府由行政院、立法院、司法院、考試院、監察院組成，設主席一人，委員十至十二人，國民政府主席兼任陸海空軍總司令。同時任命蔣介石為國民政府主席兼任陸海空軍總司令。

　　南京國民政府建立後，名義上為統一的中央政府，實際上難以在全國推行其政令、軍令。1930～1933 年，反蔣派先後在北平、廣州和福州等地組織國民政府、西南政務委員會、中華共和國人民革命政府以及其它一些政權機構，與南京國民政府分庭抗禮。中國共產黨 1931 年 11 月成立中華蘇維埃共和國，1935 年 12 月，南京國民政府在日本侵略者的壓力下，屈服於日本對華北「特殊化」要求，在北平設立冀察政務委員會，名義上隸屬於國民政府，實質上是半獨立性的政權機構。

6.1.2 法律背景

　　南京國民黨在清黨運動中，逮捕、殺人全無法律依據和嚴格的標準，造成整個社會的驚恐不安，國民黨人自己也是批評之聲不斷。為了改變形象，也為了把反共鬥爭持續進行下去，從 1928 年起，在譚延闓的主持下，南京國民政府開始著手制定和頒佈刑法，其中也包括主要針對共產黨問題的刑事特別法《暫行反革命治罪條例》。這樣，不僅便於打擊共產黨及一切異己分子，而且於法有據，師出有名。

　　1928 年 3 月 9 日《暫行反革命治罪條例》正式頒佈，其中規定：任何意圖顛覆中國國民黨及國民政府，或破壞三民主義而起暴動者，或與外國締結損失國家主權利益或土地之協定者，利用外力或外資勾結軍隊而破壞國民革命者，均得處以死刑。凡以反革命為目的，而破壞交通，引導敵人，侵入國民政府領域，刺探重要或秘密消息交付敵人，製造收藏販運軍用品，以款項或軍用品接濟反革命者，均可處以死刑、無期徒刑，或二等（即 10 年）以上有期徒刑。凡「宣傳與三民主義不相容之主義及不利於國民革命之主張者，處二等至四等有期徒刑」；「凡以反革命為目的的組織團體或集會者，其執行重要事務者，處二等至四等有期徒刑並解散其團體或集會。」〔註2〕這種把刑事犯罪與反革命目的聯繫起來加重懲罰，乃至於以思想意圖作為定罪標準的做法，在中國近現代司法制度上，算得上是開先河了。〔註3〕

〔註 2〕　《中國民國六法理由判決彙編》【C】第 779～781 頁。
〔註 3〕　楊奎松：《國民黨聯共與反共》，社會科學文獻出版社，2008 年，第 266 頁。

1931 年 1 月 31 日，國民政府頒佈《危害民國緊急治罪法》，用來取代《暫行反革命治罪法》。這一新的刑事特別法總共 11 條，規定：以危害民國爲目的而擾亂治安、私通外國或勾結叛徒，圖謀擾亂治安，或煽惑軍人不守紀律，放棄職務，或與叛徒勾結者，均處死刑。以危害民國爲目的而煽惑他人，擾亂治安或與叛徒勾結，或以文字圖紙或演說爲叛國之宣傳者，均處死刑，或無期徒刑。以危害民國爲目的而爲叛徒購運軍用品，或以政治軍事上之秘密泄露於叛徒之宣傳者，均處以死刑或無期徒刑。以危害民國爲目的，而爲叛徒購買軍用品，或以之秘密泄露於叛徒，或破壞交通者，均處死刑、無期徒刑，或 15 年以上有期徒刑。以危害民國爲目的，而組織團體或集會，或宣傳與三民主義不相容之主義者，處 5 年以上 15 年以下有期徒刑。〔註4〕

6.2 新聞統制政策之內容

以憲法性文件爲劃分依據，論文把和平時期的新聞統制政策分爲二個階段：第一階段從 1928 年 10 月 3 日到 1936 年 5 月 4 日。第二階段從 1936 年 5 月 5 日到 1937 年 8 月 13 日。下面分述之。

6.2.1 《訓政綱領》《中華民國訓政約法》時期

1928 年 10 月 3 日，國民黨第二屆中央常委委員會第 172 次會議通過《中國國民黨訓政綱領》。全文 6 條，規定在訓政時期由國民黨全國代表大會代表國民大會領導國民行使政權，國民黨全國代表大會閉會期間由國民黨中央執行委員會執行這一權力；國民政府行使行政、立法、司法、考試、監察五種治權；綱領規定：「指導、監督國民政府重大國務之施行，由中國國民黨中央執行委員會政治會議行之」〔註5〕。國民黨和國民政府的關係，據《訓政大綱說明書》稱：「政府負執行訓政之責，政府有接受黨已確定之政策、方案並執行之義務，有政必施，有令必行」〔註6〕。《中國國民黨訓政綱領》所規定的政權與治權的行使方式，確立了訓政時期的基本政治格局——國民黨及其中央執行委員會掌握著全部政權，即國民黨一黨專政。

〔註 4〕　《中華民國六法：理由判解彙編》第 4 冊，1935，第 779～781 頁。
〔註 5〕　《訓政綱領》，《國民黨政府政治制度檔案史料選編》上冊第 590 頁，安徽教育出版社，1994 年版。
〔註 6〕　《訓政大綱說明書》《申報年鑒》（民國 24 年）第 126 頁。

中國國民黨實施總理三民主義，依照建國大綱，在訓政時期訓練國民使用政權，至憲政開始彌成全民政治，制定左之綱領：

一　中華民國於訓政期間，由中國國民黨全國代表大會代表國民大會領導國民行使政權。

二　中國國民黨全國代表大全閉會時，以政權付託中國國民黨中央執行委員會執行之。

三　依照總理建國大綱所定選舉、罷免、創制、復決四種政權，應訓練國民逐漸推行，以立憲政之基礎。

四　治權之行政、立法、司法、考試、監察五項付託於國民政府總攬而執行之，以立憲政時期民選政府之基礎。

五　指導監督國民政府重大國務之施行，由中國國民黨中央執行委員會政治會議行之。

六　中華民國國民政府組織法之修正及解釋，由中國國民黨中央執行委員會政治會議議決行之。〔註7〕

1931 年 6 月 1 日國民政府頒佈《中華民國訓政約法》，約法延續了《訓政綱領》的精神，以國家根本大法的形式確認了國民黨一黨專政的體制。其主要內容為：第一章，總綱，規定中華民國領土、主權、國民、國體、國旗、國都；第二章，人民之權利義務。第三章，訓政綱領，其主要內容是規定國民黨行使中央統治權，國民政府行使五種治權，訓導民眾。第四章，國計民生。第五章，國民教育，規定三民主義為教育根本原則。第六章，中央與地方之權限。約法第 59 條雖然規定「中央與地方之權限依建國大綱第 17 條之規定，採均權制度」〔註8〕。但未對地方事權做具體規定，同時在第 84 條又規定：「各地方於其事權範圍內，得制定地方法規，但與中央法規牴觸者無效。」〔註9〕，從而形成中央集權的局面。第七章，政府之組織，包括中央和地方兩節。關於中央制度，約法以當時施行的《國民政府組織法》為根據，中央實行五權制度，在中央五院之中由行政院控制和掌握實權。第八章，附則，規定《中

〔註 7〕　《訓政綱領》《國民黨政府政治制度檔案史料選編》上冊第 590 頁，安徽教育出版社，1994 年版。
〔註 8〕　《中華民國現行法規大全》第 2 頁，商務印書館，1934 年版。
〔註 9〕　《中華民國現行法規大全》第 2 頁，商務印書館，1934 年版。

華民國訓政時期約法》解釋方法及憲政制定的程序。約法第 85 條規定：「約
法之解釋權由中國國民黨中央執行委員會行使之」〔註 10〕。這一條規定了掌
握最高權力的機構為中國國民黨中央執行委員會。

　　關於公民的言論出版自由，《中華民國訓政約法》第二章人民之權利義
務第十五條規定：「人民有發表言論及刊行著作之自由，非依法律不得停止
或限制之。」〔註 11〕第二十七條又規定：「人民對於公署依法執行職權之行
為，有服從之義務。」〔註 12〕分析《中華民國訓政時期約法》對公民自由
權利的規定，一個顯著的特點是採取法律限制主義而非憲法直接保障主
義。「非依法律不得停止或限制之」的意思即人權的保障有賴於法律，而法
律亦可限制人權。從這一方面來說，約法對人權有實際保障但並不充分。
此外，公署是政府機關的另一稱呼，在國民大會尚未行使政權之時，第二
十七條規定所述內容就存在這樣的可能，即代表國民大會行使政權之國民
黨或其領導下的國民政府可以根據某黨某人意志立法而公民必須服從，由
此前述公民的各項自由形同虛設。從這一點來說《中華民國訓政約法》不
但違背了憲法保護公民個人權利不被公權力所侵害這一原則，而且以憲法
性文件的形式為公權力以法律形式侵害公民權利打開了大門。在這一點
上，《中華民國訓政約法》所賦予公民的言論出版自由遠遠小於《中華民國
臨時約法》時期的言論出版自由。

　　這一時期由國民黨及國民政府及其行政部門頒佈了許多關於新聞出版方
面的法律法規。

　　就筆者目力所見，共計 16 部。由國民政府頒佈的有 7 部，由國民黨頒佈
的有 9 部。其中由國民政府頒佈的有《查禁反動刊物令》（1929 年 6 月 4 日）、
《取締銷售共產書籍辦法令》及辦法（1929 年 6 月 22 日）、《出版法》（1930
年 12 月 16 日）、《出版法實施細則》（1931 年 10 月 7 日）、《各報館及通訊社
請領許可證手續》（1933 年 6 月 19 日）、《報館對於黨政之設施應守秘密者外
均得自由刊佈令》（1935 年 2 月）；地方政府頒佈的有《南京特別市教育局民
眾讀物審查規則》（1930 年 1 月南京市政府）；由國民黨頒佈的有《宣傳品審
查條例》（1929 年 1 月 10 日）、《省及特別市黨部宣傳工作實施方案》（1929

〔註 10〕　《中華民國現行法規大全》第 2 頁，商務印書館，1934 年版。
〔註 11〕　《中華民國現行法規大全》第 2 頁，商務印書館，1934 年版。
〔註 12〕　《中華民國現行法規大全》第 2 頁，商務印書館，1934 年版。

年 1 月 24 日)、《日報登記辦法》(1929 年 9 月 23 日)、《指導黨報條例》(1930 年 3 月 24 日)《中國國民黨西南各級黨部審查出版物暫行條例》(1932 年 9 月 19 日)、《宣傳品審查標準》(1932 年 11 月 24 日)、《新聞檢查標準》(1933 年 1 月 19 日通過 1933 年 10 月 5 日修正)、《重要都市新聞檢查辦法》(1933 年 1 月 19 日 1933 年 9 月 21 日修正)、《修正圖書雜誌審查辦法》(1934 年 6 月 1 日中宣會 35 年 8 月停止工作)

　　這些法律法規的內容用一句話概括，那就是出版可自由，但國民黨和政府同時負責媒體創辦的登記和審核；言論有禁載，下面分述之。

1、出版可自由

　　《出版法》(1930) 第 7 條規定：「爲新聞紙或雜誌之發行者，應於首次發行期十五日前，以書面陳明下列各款事項，呈由發行所所在地所屬省政府或隸屬於行政院之市政府，轉內政部聲請登記。一、新聞紙或雜誌之名稱；二、有無關於黨義黨務或政治事項之登載；三、刊期；四、首次發行之年月日；五、發行所及印刷所之名稱及所在地；六、發行人及編輯人之姓名、年齡及住所，其各版之編輯人互異者，並各該版編輯人之姓名、年齡及住所。新聞紙或雜誌在本法施行前已開始發行者，應於本法施行後二個月內，聲請爲前項之登記。新聞紙或雜誌有關於黨義或黨務事項之登載者，並應經由省黨部或等於省黨部之黨部向中央黨部宣傳部聲請登記。﹝註 13﹞」這一規定表明註冊登記即可出版。如果不涉及黨義或黨務，到發行所所在地所屬省政府或隸屬於行政院之市政府，轉內政部聲請登記；如果涉及黨義或黨務，到省黨部或等於省黨部之黨部向中央黨部宣傳部聲請登記。胡適創辦《獨立評論》的申請過程可以佐證這點。

　　《獨立評論》創刊於《出版法》頒佈之後，據《胡適來往書信選》，可以推知《獨立評論》1932 年 3 月下旬籌備向公安局申請登記﹝註 14﹞。3 月 19 日傅斯年給胡適去信談申請之事，信中說：「適之先生：《周報》立案事，昨天大家說好由先生出名託王卓然跑腿。寫好一信，乞簽名交下，以便送去也。明天我大約看先生去。學生斯年三月十九日」﹝註 15﹞之後在胡適給王卓然先

﹝註 13﹞　劉哲民：《近現代出版新聞法規彙編》第 105 頁，學林出版社，1992 年 12 月。
﹝註 14﹞　傅斯年：《傅斯年致胡適》《胡適來往書信選》(中冊)，107 頁，中國社會科學院近代史研究所中國民國史組編，中華書局，1979 年。
﹝註 15﹞　傅斯年：《傅斯年致胡適》《胡適來往書信選》(中冊)，107 頁，中國社會科學院近代史研究所中國民國史組編，中華書局，1979 年。

生的信中提到聲請登記備案的部門是北平市公安局。原信如下：「迴波先生：
我們幾個朋友，要辦一個週報。須在公安局立案，而我在病中，不能出去辦。
盼你於見到鮑局長時同他說一下，問問要何手續。此報由我出名，同人為丁
在君、蔣廷黻、傅孟真、翁詠霓、任叔永、陳衡哲諸人。如有應填之公文式
能寄我一份，尤妙。一切感謝之至！〔註 16〕」

　　1932 年 5 月 22 日《獨立評論》創刊，第一號上刊登了胡適撰寫的文章《憲
政問題》。

　　還是這本書收錄了另一篇書信，即周炳琳給胡適的一封信，信中顯示當
年 11 月底《獨立評論》正向北平市黨部申請登記。原信內容如下：「適之先生：
向市黨部申請登記件昨已攜交。據云應填兩紙（指上下行之申請書而言），琳
已囑市黨部宣傳科向市公安局取空白，送琳轉交先生補填。但先生日內即將
南行，若能請社中黎君今日即取得此項空白交先生補填一紙，當較為迅捷。
如何？乞裁奪。侯安。周炳琳十一月二十三日〔註 17〕。」

　　《獨立評論》為週報，5 月 22 日至 11 月底這 6 個月該報已經出版 25 期，
此時才向北平市黨部申請登記，可見出版之初是不需要向黨部或宣傳部申請
出版的，只要向行政部門註冊即可出版。《獨立評論》只有刊載的文章涉及黨
義或者黨務時才需作此項申請。

　　不過創辦此類報刊只需向黨部或黨部宣傳部履行聲請手續，並無限制，
因此這一階段在創辦制度上是寬鬆的註冊登記制。

　　1933 年 12 月 23 日內政部在給各省市政府的信函中談到當時的出版狀
況，從管理的角度陳述管理之難。其論及出版狀況的文字有：「覓得三五同志
暗向省府為一紙之聲陳，十五日後遂自行出版。」「稍緩時日，又易別號，再
擬「報」名，一紙聲請書發出，依然又復出版。」「出版法第十條所規定之二
三四各款，普通人違反者甚少，只登記之初，臨時賃得一二間住所，即無甚
不合，一經出版，即管理為難。」

　　《詮釋出版法七項疑義咨》民國二十二年十二月二十三日內政部咨各省
市政府（1933）

〔註 16〕　胡適：《胡適致王卓然》《胡適往來書信選》（中冊），107 頁，中國社會科學院
　　　　　近代史研究所中國民國史組編，中華書局，1979 年。
〔註 17〕　胡適往來書信選》（中冊），107 頁，中國社會科學院近代史研究所中國民國史
　　　　　組編，中華書局，1979 年。

以上七者，皆所遲疑審慎，未敢遽爲決定者，深恐稍一不慎，不被摧殘輿論之惡名，即將受放任惡化之罪咎。實源迥來反動份子思所以暗布主義者，幾於無微不至。如左傾普羅各派，皆利用文字散佈於各種刊物，尤其新聞紙中，以冀於不知不覺中灌注思想於民眾，期成普遍的惡化；文字則表面上又不顯露若何激烈之語句，若欲摘其一二單句，以繩其罪，則又圓滑兩可。轉以執法者爲深文周納，誣爲違法。此實今日最大之隱患，似較據地頑抗之匪可用武力摧滅者，尤難消除。復以各都市新聞紙，既有檢查機關，難於混過，而出版法所指定之執行機關，亦近在咫尺，不敢輕於嘗試。頗聞以轉移方向，致力於內地，作下層之宣傳。以各縣政府在出版法上明白賦予之權，實微之又微。故無論基金之有無，社址之定否，覓得三五同志暗向省府爲一紙之聲陳，十五日後遂自行出版，儼然「無冕之王」，遂自謂其言論除出版法外已不受任何法律之裁處矣。對於施政果作正當之建議、公正之批評，亦何嘗不足引爲借鏡。而彼輩既意有所歸，乃故作譏誚詆毀輕薄之詞，使行政者失其尊嚴，直接令失民眾之信仰，間接即墮政府之威信。欲加以糾正，彼又知府縣無權，必須經過請示之步驟，益肆其鋒，使受侮者無可救止。若再拼其已將停版之餘息，作越軌之宣傳，行政機關亦只有徒喚奈何，無能制止。迨請示之裁決已下，彼輩或早已聞風遠避。印刷繫屬代印，社址及個人住所，皆出於租賃，欲求追查，已難於爲力。稍緩時日，又易別號，再擬「報」名，一紙聲請書發出，依然又復出版。此實內地處理新聞事業最感困難之一點。即如最近徐州晚報一案，以其記載言論，實有未妥，故於奉查登記表，即陳述其不可私意，不久或即奉令不准其登記，故一切均予寬容。出版之始，尚按章送報，後即不再送（因彼知縣不能逕予處分），並肆爲誹詆。及奉到鈞府第一三一九號指令，於十一月一日依法令其休刊。不意翌日仍依舊悍然出版，並向縣府喧鬧。以依法辦理之件尚且如是，若出縣府之意，逕予制止，其情形可以揣想。徐州刻下已有大小報紙八九種之多，聞近日呈請繼續出版者，尚有二三種，在籌辦中者更多。出版法第十條所規定之二三四各款，普通人違反者甚少，只登記之初，臨時賃得一二間住所，即無甚不合，一經出版，即管理爲難。徐屬

久稱匪區，近來尤爲赤匪注意，時思利用，迭有破獲，尚恐未盡。
設有不良分子混入新聞界中。希冀以文字暗喻其主義，而江北一帶
民眾，知識本較閉陋簡單，若假以時日，則浸潤無形，其遺患將來
殆有不堪設想者。心所謂危不敢緘默，謹不避瑣屑，縷述經過之困
難，以期未來之補救。〔註18〕

關於對創辦人的要求，這一時期新聞傳播法律法規與 1927 年前一致，沒有什
麼變化。《出版法》（1930）第 10 條規定：「下列各款之人，不得爲新聞紙或
雜誌之發行人或編輯人：一、在國內無住所者；二、禁治產者；三、被處徒
刑或一月以上之拘役者在執行中者；四、褫奪公權尚未復權者。〔註19〕」

關於媒體創辦的登記和審核，由國民黨省黨部、宣傳部、中央宣傳部和
政府同時負責。下面分登記和審核兩個層面述之。

登記。

這一階段，報紙申辦登記有兩種登記方式：

第一種方式是去黨部或黨部宣傳部登記，其中 1929 年 1 月 24 日～1929 年
9 月 4 日，登記機關是所在地省黨部或特別市黨部或縣市黨部，1929 年 9 月 5
日～1930 年 12 月 15 日，登記機關爲各省黨部宣傳部和各特別市黨部宣傳部。

第二種方式是去政府部門登記，或同時去政府部門和省黨部、中央宣傳
部登記，時間爲 1930 年 12 月 16 日～1937 年 7 月 7 日。去政府部門登記的程
序爲省政府或隸屬於行政院之市政府——內政部；去黨部登記的程序爲省黨
部——中央宣傳部。其中涉及黨義或黨務的新聞紙和雜誌既要去政府部門登
記也要在黨部登記。根據 1931 年《出版法實施細則》規定，關於黨義黨務事
項之出版品指「一、引用或闡發中國國民黨黨義者；二、記載有關中國國民
黨黨義、黨務、或黨史者；三、所載未直接涉及中國國民黨黨務，但與中國
國民黨黨義、黨務、黨史有理論上或實際上之關係者；四、涉及中國國民黨
主義或政綱、政策之關係者。」〔註20〕這些規定把跟國民黨有關的所有內容
都納在了黨義黨務裏，如此以來時政新聞不涉及黨義或黨務幾無可能。也就
是說所有新聞類報紙和雜誌都需要到黨部註冊登記。

〔註18〕 劉哲民：《近現代出版新聞法規彙編》第 123～124 頁，學林出版社，1992 年
　　　　 12 月。
〔註19〕 劉哲民：《近現代出版新聞法規彙編》第 105 頁，學林出版社，1992 年 12 月。
〔註20〕 劉哲民：《近現代出版新聞法規彙編》第 113 頁，學林出版社，1992 年 12 月。

　　1929 年 1 月 24 日國民黨第二屆中央執委會第 192 次常委會頒佈《省及特別市黨部宣傳工作實施方案》，方案要求各省市之新聞社及通訊社，均須向所在地之省黨部、特別市黨部或縣市黨部備案。〔註 21〕1929 年 9 月 5 日國民黨第三屆中央執委會第 33 次常務會議頒佈《日報登記辦法》，這是《出版法》頒佈前規範日報登記的一部法律文件，《日報登記辦法》規定「日報之登記機關，為各省黨部宣傳部、各特別市黨部宣傳部。」〔註 22〕1930 年國民政府頒佈的《出版法》第七條規定：「新聞紙或雜誌有關於黨義或黨務事項之登載者，並應經由省黨部或等於省黨部之黨部向中央黨部宣傳部聲請登記。〔註 23〕」

　　《出版法施行細則》（1931）第八條規定：「聲請登記之新聞紙或雜誌，並應依照出版法第七條第三項之規定辦理者，其登記證由中央黨部宣傳部及內政部分別填製，中央黨部宣傳部填製之登記證，送由內政部合併發給之。」〔註 24〕

　　《出版法施行細則》（1931）第十條規定：「書籍之著作人或發行人，應以稿本呈送內政部聲請許可出版，此項聲請須以書面陳明下款事項：一、名稱及內容概要；二、稿本頁數及其附件；三、著作人或發行人姓名、住所。書籍之有關黨義黨務者，應以稿本依前項手續逕向中央宣傳部聲請之。」〔註 25〕

　　審核。

　　中央黨部和中央宣傳部不僅是登記機關還是審核機關。《日報登記辦法》規定「日報之登記機關，為各省黨部宣傳部、各特別市黨部宣傳部。登記之最後審核，由中央宣傳部辦理之。凡登記手續辦理完畢之日報，由各省黨部宣傳部、各特別市黨部宣傳部給予收據，經中央宣傳部審核決定後，發給日報登記證。」〔註 26〕《出版法施行細則》（1931）第十五條規定：「內政部依照出版法第二十三條之規定對於有關黨義、黨務之出版品，執行警告、禁止、扣押或退還等行政處分之前，應送中央黨部宣傳部審核。」〔註 27〕《出版法

〔註 21〕　劉哲民：《近現代出版新聞法規彙編》第 443 頁，學林出版社，1992 年 12 月。
〔註 22〕　劉哲民：《近現代出版新聞法規彙編》第 440 頁，學林出版社，1992 年 12 月。
〔註 23〕　劉哲民：《近現代出版新聞法規彙編》第 105 頁，學林出版社，1992 年 12 月。
〔註 24〕　劉哲民：《近現代出版新聞法規彙編》第 114 頁，學林出版社，1992 年 12 月。
〔註 25〕　劉哲民：《近現代出版新聞法規彙編》第 114 頁，學林出版社，1992 年 12 月。
〔註 26〕　劉哲民：《近現代出版新聞法規彙編》第 440 頁，學林出版社，1992 年 12 月。
〔註 27〕　劉哲民：《近現代出版新聞法規彙編》第 115 頁，學林出版社，1992 年 12 月。

施行細則》（1931）第十六條規定：「有關黨義、黨務出版品應糾正者，由中央黨部宣傳部直接或轉飭所屬辦理之。」〔註28〕《出版法施行細則》（1931）第十四條規定：「有關黨義、黨務出版品審核之標準，除依照出版法第四章各條規定者外，並適用中央關於出版品之各項決議。」〔註29〕《出版法施行細則》（1931）第二十一條規定：「有關黨義黨務之出版品，其所載事項，如違反中央關於出版品之各項決議時，準用出版法第三十四條及第二十五條規定之處分，分別處罰之。」〔註30〕

　　綜觀中外，報紙創辦往往由行政部門負責註冊登記，政黨黨部或黨的宣傳部只負責本黨報刊的註冊登記審核。國民黨通過法律法規的形式規定「涉及黨義或黨務事項」的報刊須到黨部和黨的宣傳部登記審核，黨部或黨的宣傳部成為時政類報刊創辦的登記部門和審核部門，造成了黨和政府同時管新聞的事實。

　　2、言論有禁載。

　　任何國家，無論是實行新聞法治的國家還是正在走向新聞法治的國家，出於對其自身安全和利益的考慮，出於對具體社會環境中的公序良俗的遵從，都會對言論自由的範圍和內容作出一些禁載規定。新聞傳播中不得刊載法律禁止的內容，是世界各國新聞傳播法的通例。古今中外概莫能外。同時隨著時間和空間的不同在禁載範圍和禁載方式上存在區別。具體來說根據禁載規定和保密規定禁載範圍有寬有窄，根據事前審查還是事後懲罰禁載方式有嚴有鬆。

　　（1）禁載範圍

　　1927～1936 年這一階段的新聞傳播法的內容有普通法所含有的禁止危害國家安全、危害公共秩序等內容，也有處於政治原因而禁止的內容。

　　【1】禁止危害國家安全

　　1927～1936 年這一階段執行的有關於新聞傳播的法律法規有 16 部，2 部禁載危害國家安全的言論，這 2 部法律法規是《出版法》（1930）和《宣傳品審查標準》（1932）。

　　《出版法》（1930）第 19 條規定：「出版品不得為下列各款之記載：……

〔註28〕　劉哲民：《近現代出版新聞法規彙編》第 115 頁，學林出版社，1992 年 12 月。
〔註29〕　劉哲民：《近現代出版新聞法規彙編》第 115 頁，學林出版社，1992 年 12 月。
〔註30〕　劉哲民：《近現代出版新聞法規彙編》第 115 頁，學林出版社，1992 年 12 月。

二、意圖顛覆國民政府或損害中華民國利益者；……」〔註31〕《宣傳品審查標準》（1932）將危害國家安全視爲反動宣傳：「三、反動的宣傳：（一）爲其它國家宣傳危害中華民國者；……」〔註32〕

【2】禁止危害公共秩序

危害公共秩序包括擾亂公共治安、敗壞社會風俗、妨礙司法權威等幾方面。

《出版法》（1930）第19條規定：「出版品不得爲下列各款之記載：……三、意圖破壞公共秩序者；四、妨害善良風俗者。〔註33〕」第20條規定：「出版品不得登載禁止公開訴訟事件之辯論。〔註34〕」

《出版法》（1930）關於危害公共秩序的禁載規定採用了「危險傾向」原則，還非「明顯而即刻」原則，同時語焉不詳。「危險傾向」原則和「明顯而即刻」原則都是針對危害公共秩序而言的，「危險傾向」原則是指言論存在危害公共秩序的可能即可禁止，「明顯而即刻」原則是指言論對公共秩序的危害是明顯而即刻的才可禁止。對比兩者，「危險傾向」原則對言論的禁載範圍比後者要寬。

之所以說《出版法》（1930）這條規定語焉不詳，是因爲第19條規定，「出版品不得爲下列各款之記載：……三、意圖破壞公共秩序者；……〔註35〕」這裏的「意圖破壞公共秩序」沒有主語，不知是指作者意圖呢，抑或是讀者（特別是新聞檢查官）覺得作者有此意圖。鑒於1927年南京國民政府剛剛建立，政權處於不穩定狀態，在實際執行過程中多從嚴從緊，即新聞檢查官認爲作者有此意圖即予禁載。

【3】政治之禁載

政治方面的禁載內容很多，不得宣傳共產主義及階級鬥爭；不得宣傳國家主義、無政府主義及其它主義；不得攻擊三民主義、國民黨的政綱、政策及決議；不得反對或違背三民主義、國民黨的政綱、政策及決議案；不得污蔑中央等等。

《宣傳品審查條例》（1929）第五條規定：「凡含有下列性質之宣傳品爲

〔註31〕 劉哲民：《近現代出版新聞法規彙編》第106頁，學林出版社，1992年12月。
〔註32〕 劉哲民：《近現代出版新聞法規彙編》第222～223頁，學林出版社，1992年12月。
〔註33〕 劉哲民：《近現代出版新聞法規彙編》第106頁，學林出版社，1992年12月。
〔註34〕 劉哲民：《近現代出版新聞法規彙編》第107頁，學林出版社，1992年12月。
〔註35〕 劉哲民：《近現代出版新聞法規彙編》第106頁，學林出版社，1992年12月。

反動宣傳品：一、宣傳共產主義及階級鬥爭者；二、宣傳國家主義、無政府主義及其它主義，而攻擊本黨主義、政綱、政策及決議案者；三、反對或違背本黨主義、政綱、政策及決議案者；四、挑撥離間分化本黨者；五、妄造謠言以淆亂視聽者。」〔註36〕

《出版法》（1930）第十九條第一款規定：「出版品不得爲下列各款之記載：（一）意圖破壞中國國民黨或三民主義者。」〔註37〕

《宣傳品審查標準》（1932）規定下列均爲反動的宣傳：「（一）爲其它國家宣傳危害中華民國者；（二）宣傳共產主義及鼓動階級鬥爭者；（三）宣傳無政府主義、國家主義及其它主義而有危害黨國之言論者；（四）對本黨主義、政綱、政策及決議惡意詆毀者；（五）對本黨及政府之設施惡意詆毀者；（六）挑撥離間分化本黨，危害統一者；（七）污蔑中央，妄造謠言，淆亂人心者；（八）挑撥離間及分化國族間各部分者。」〔註38〕

（2）禁載方式

禁載方式有兩種，一是事前審查，一是事後懲罰。事後懲罰是一種對報刊的過失在新聞發表後依據法律懲處的管理制度。報紙雜誌不需要接受印發前的檢查。事前審查是指新聞稿件經過檢查才能見報發表，是一種比事後懲罰嚴苛的報刊管理制度。

1927～1936 年南京國民政府採取的是事前檢查這種禁載方式。不過這一階段的新聞檢查具有它的特殊之處，是在政府頒佈相關法律法規，以法律形式保障公民的言論出版自由的前提下進行的。事實上在 1927～1936 年這一時段南京國民政府數次取消新聞檢查，國民黨中央執委會數次頒布新聞檢查辦法和標準，新聞檢查反反覆覆，幾起幾落，一直沒有停止。

1929 年 9 月 14 日南京國民政府頒佈《取消電報新聞施行檢查令》，命令直轄軍政各機關停止新聞檢查。

> 查過去對於新聞紙出版前之檢查事宜，以各地主持機關既不統一，執行手續復欠妥善，收效甚鮮，甚且引起糾紛，新聞界尤以爲苦。查新聞紙之管理與審核，中央前已頒有審查刊物條例，現又制

〔註36〕　劉哲民：《近現代出版新聞法規彙編》第 208 頁，學林出版社，1992 年 12 月。

〔註37〕　劉哲民：《近現代出版新聞法規彙編》第 107 頁，學林出版社，1992 年 12 月。

〔註38〕　劉哲民：《近現代出版新聞法規彙編》第 222～223 頁，學林出版社，1992 年 12 月。

定日報登記辦法。此項出版前之檢查，除有特殊情形外，自以停止為宜。茲經本會第三十三次常會決議。凡新聞紙之一切檢查事宜，除經中央認爲有特殊情形之地點及一定時期外，一律廢止。除通令各級黨部遵照外，相應錄案函達，即希查照，通飭所屬軍政機關一體遵照爲荷。〔註39〕

1932 年南京國民政府重申言論自由爲全國人民應有的權利，政府扶植民權，保障輿論，下令取消新聞檢查。

《取消電報新聞施行檢查令》（1932）民國二十一年一月八日國民政府令「查言論自由爲全國人民應有之權利。現在統一政府成立，亟應扶植民權，保障輿論，以副顒望，而示大眾。所有對於電報及新聞照施行檢查之事應即一律取消，著由行政院通飭各主管機關一體切實遵行，是爲至要。此令。」〔註40〕

可是 1933 年 1 月 19 日國民黨第四屆中央執委會第 54 次會議通過《重要都市新聞檢查辦法》和《新聞檢查標準》。

一、各重要都市遇有檢查新聞必要時，經中央執行委員會常務會議核准，得設立新聞檢查所，受中央宣傳委員會之指導，主持各該地新聞檢查事宜。

二、首都新聞檢查所，由中央宣傳委員會、軍事委員會、內政部、首都警察廳、南京警備司令部、南京市黨部及市政府派員會同組織之。新聞團體得派代表一人參加。其它各地新聞檢查所，應由當地高級黨部、高級政府（或指派公安機關）及高級軍事機關（或指派警備機關）會同派員組織之。必要時，得由當地新聞團體派員參加。

三、新聞檢查所設立主任一人，主持所務。必要時，得設副主任一人襄助之。正副主任由各參加之機關，就所派人員中會同推定，呈報中央宣傳委員會備案。設檢查員若干人，由各參加機關所派人員充任之。如有設置事務員必要時，得商准各參加機關調充或雇傭之。

〔註39〕 劉哲民：《近現代出版新聞法規彙編》第 528 頁，學林出版社，1992 年 12 月。
〔註40〕 劉哲民：《近現代出版新聞法規彙編》第 529 頁，學林出版社，1992 年 12 月。

四、新聞檢查所除雇員酌給津貼外，所有職員，概不給薪。公雜費由各參加機關分攤之。

五、新聞檢查限於軍事、外交、交通、地方治安及與有關之各項消息。

六、凡外交及與外交有關之各項消息由黨務機關所派人員檢查之；凡軍事及與軍事有關之各項消息，由軍事機關（或警備機關）所派人員檢查之。凡地方治安及與地方治安有關之各項消息，由政府機關（或公安機關）所派人員檢查之。

七、各地新聞檢查所檢查新聞。須依據中央執行委員會常委會議核准之新聞檢查標準決定扣發。遇有疑問，得由主任照前項規定隨時請示當地主管機關或中央宣傳委員會決定之。

八、各地新聞檢查所檢查新聞手續，應由各該所於不妨礙新聞機關工作進行之原則上自行訂定，分呈各參加機關備案，並呈報中央宣傳委員會。

九、各地新聞機關如有違反各該檢查所之各項規定或命令者，由各該所報告當地政府機關依照出版法處分之。

十、各地新聞檢查所，於每月月終除應向參加機關報告工作外，並應填具工作報告表，呈報中央宣傳委員會。工作報告表另定之。

十一、本辦法不適用於戒嚴時期。

十二、本辦法由中央執行委員會核准施行。〔註41〕

1933 年 9 月 21 日國民黨第四屆中央執委會第 89 次常委會議對《重要都市新聞檢查辦法》進行了修正。修正後的《重要都市新聞檢查辦法》對重要都市做了限定，限在南京、上海、北平、天津、漢口五個城市。檢查人員由國民黨部、行政部門、軍事部門和新聞團體組成。新聞檢查範圍限於軍事、外交、交通、地方治安及與有關之各項消息。各地新聞檢查所檢查新聞，須依據中央執行委員會常委會議核准之新聞檢查標準決定扣發。遇有疑問，得由主任隨時請示主管機關或中央宣傳委員會決定之。各地新聞檢查所檢查新聞手續，應由各該所於不妨礙各報社、通訊社工作進行之原則上自行訂定。各報

〔註41〕　劉哲民：《近現代出版新聞法規彙編》第 531～532 頁，學林出版社，1992 年 12 月。

社、通訊社，如有違反各該檢查所之各項規定或命令者，應由各該所報告當地政府機關依照《出版法》處分之。

一、各重要都市如南京、上海、北平、天津、漢口，遇有檢查新聞必要時，經中央執行委員會常務會議核准，得設立新聞檢查所，受中央宣傳委員會之指導，辦理各該地新聞檢查事宜。

二、首都新聞檢查所，由中央宣傳委員會同軍事委員會及行政院派員組織之。新聞團體得派代表一人參加。其它各地新聞檢查所，應由中央宣傳委員會（或當地高級黨部）會同當地高級政府及高級軍事機關派員組織之。當地新聞團體得派代表一人參加。

三、新聞檢查所設立主任一人，副主任一人或二人，主持所務：由各參加機關派充之。設檢查員若干人，擔任檢察工作；由主任選定曾在大學或專門學校畢業而有新聞學識者，呈准中央宣傳委員會任用，或由各參加機關調充之。設事務員若干人擔任事務，由檢查所雇用之。

四、新聞檢查所經費由各參加機關分攤之。

五、新聞檢查所檢查新聞，限於軍事、外交、交通、地方治安及與有關之各項消息。

六、各地新聞檢查所檢查新聞。須依據中央執行委員會常委會議核准之新聞檢查標準決定扣發。遇有疑問，得由主任隨時請示主管機關或中央宣傳委員會決定之。

七、各地新聞檢查所檢查新聞手續，應由各該所於不妨礙各報社、通訊社工作進行之原則上自行訂定，分呈各參加機關備案，並呈報中央宣傳委員會備案。

八、新聞檢查所各項條例及辦事細則，均須呈報中央宣傳委員會備案。

九、各報社、通訊社，如有違反各該檢查所之各項規定或命令者，應由各該所報告當地政府機關依照出版法處分之。

十、各地新聞檢查所，於每月月終除應向參加機關報告工作外，並應填具工作報告表，呈報中央宣傳委員會。工作報告表另定之。

十一、本辦法不適用於戒嚴時期。

十二、本辦法由中央執行委員會核准施行。〔註42〕

1933 年 10 月 5 日國民黨第四屆中央執委會第 91 次常委會議修正通過了《新聞檢查標準》。修正後的《新聞檢查標準》包括四方面內容，其中社會風化新聞應扣留與刪改者符合《出版法》（1930）禁載範圍；軍事新聞應扣留與刪改者，鑒於 1930～1933 年，反蔣派先後在北平、廣州和福州等地組織國民政府、西南政務委員會、中華共和國人民革命政府以及其它一些政權機構，與南京國民政府分庭抗禮；1931 年 11 月中國共產黨在江西瑞金建立中華蘇維埃共和國；1932 年 3 月 1 日溥儀在奉天、吉林、黑龍江、熱河四省建立滿洲國，內外交困之際，軍事新聞檢查自不待言。值得關注的禁載範圍主要在外交與地方治安。外交新聞應扣留與刪改者三條規定將新聞的發佈權統攬在外交部手中，地方治安應扣留與刪改者有三條，前 2 條規定爲「搖動人心，引起暴動，足以釀成地方人民生命財產之重大損失者」「故作危言，影響金融，足以引起地方人民日常生活之極度不安者」，也就是說無論新聞報導是否屬實，只要可能影響地方穩定就要予以扣留或刪改，這給予了政府和新聞檢查人員極大的自由裁量權，媒體外交新聞報導和正常的輿論監督收到限制。

　　一、關於軍事新聞電訊應扣留或刪改者：

　　　　1、關於我國高級軍事機關、要塞、堡壘、軍港、軍艦、軍營、倉庫、飛行場港、兵工廠、造船廠、測量局及其它國防建築物之組織及設備情形與其應秘密之地點；

　　　　2、關於國軍預定實施之軍事計劃及一切部署；

　　　　3、關於國軍之兵力、兵種、番號及其行動，駐紮及軍用品之輸送、起卸地點及籌備情形；

　　　　4、關於高級指揮官之行蹤及其秘密之軍事談話；

　　　　5、關於各級軍事機關有關軍事秘密之會議與記錄；

　　　　6、關於敵我軍情與事實不符之記載；

　　　　7、關於新式武器及軍事工業之發明；

　　　　8、其它不利於我方之軍事新聞。

〔註42〕劉哲民：《近現代出版新聞法規彙編》第 536～537 頁，學林出版社，1992 年 12 月。

二、關於外交新聞之應扣留或刪改者：

　　1、凡對我國外交有不利影響之消息，尚未證實或已證實不確者
　　　；

　　2、凡外交事件正在秘密進行中，其消息或文件尚未經外交部正
　　　式或非正式公佈者；

　　3、凡外交談話未經外交部正式或非正式發佈者。

三、關於地方治安新聞之應扣留或刪改者：

　　1、搖動人心，引起暴動，足以釀成地方人民生命財產之重大損
　　　失者；

　　2、故作危言，影響金融，足以引起地方人民日常生活之極度不
　　　安者；

　　3、對於中央負責領袖，加以無事實根據之惡意新聞及侮辱以
　　　政府信用者。

四、關於社會風化新聞應扣留或刪改者：

　　1、關於海盜之記載特別描寫，以煽揚猥褻、兇惡之影響者。

　　2、其它有妨善良風俗者。

附注

一、各新聞檢查所檢查新聞，除遵照以上規定外，並須依照出版法
　　及宣傳圖審查標準第二項、第三項之規定。

二、各新聞檢查所檢查新聞，仍須隨時遵照中央宣傳委員會頒佈注
　　意之要點。

三、各報社刊布新聞，須以中央通訊社消息為標準。〔註43〕

國民黨第四屆中央執委會第91次常委會議修正通過的《新聞檢查標準》只包括軍事、外交、地方治安和社會風化四個方面，但在執行過程中，新聞檢扣和刪改範圍並非如規定一般，很多《新聞檢查標準》之外的新聞也被檢扣。

　　據筆者目力所見，以下內容也在檢扣範圍之列。

　　關於國防的新聞。

　　1934年3月1日北平、天津新聞檢查所提交題為《檢扣消息應採取寬大

〔註43〕劉哲民：《近現代出版新聞法規彙編》第538～539頁，學林出版社，1992年
　　　12月。

主義，力避瑣屑籠統》的提案，上書：「所有禁止消息，除軍事、外交、國防
及其它非常事件，在某種限度之下，必須絕對禁止外，其它消息，似應取寬
大主義，以往之禁扣事項，有時嫌其瑣屑籠統。」〔註44〕

關於非常事變的新聞。

1934 年 3 月 1 日北平、天津新聞檢查所提交題爲《檢扣消息應採取寬大
主義，力避瑣屑籠統》的提案，上書：「所有禁止消息，除軍事、外交、國防
及<u>其它非常事件</u>，在某種限度之下，必須絕對禁止外，其它消息，似應取寬
大主義，以往之禁扣事項，有時嫌其瑣屑籠統。」〔註45〕同日該所提交的題
爲《中央新聞政策應採取積極態度》提案，內有兩個案例，佐證了非常事件
受檢扣這一事實。「每遇非常事變，中央新聞政策往往重視封鎖而忽略積極宣
傳，例如福建事變醞釀經過，舉國久有所聞，而中央則終日鬭謠，自詡樂觀，
禁止報館發表任何消息，一任外報及反動報紙充分爲對方反動宣傳。在僞人
民政府成立前一日，林主席、汪院長於紀念周報告猶以爲謠言，謂爲不難解
決，後因事變已成，乃於中央通訊社將是項消息發佈，發佈之後復令行撤回，
致各報譏爲「手忙腳亂之新聞政策」，殊失體面。又如南疆事件，中央通訊社
與塔斯通訊社同時發佈此項消息，後忽行扣留，華北新聞界群相訾議，謂如
此重要變化，決非可以「拖」「瞞」了事，僅事封鎖，有類於掩耳盜鈴，以故
一度扣留之後，各報仍然紛然揭載，於新聞既未能收統制之效，於宣傳更成
凌亂之狀。」〔註46〕

關於政治的新聞。

1934 年 3 月 1 日北平、天津新聞檢查所提交的題爲《檢扣消息應採取寬
大主義，力避瑣屑籠統》提案，談及關於政治新聞的檢扣問題：「又如迎胡入
京，爲汪先生對記者之公開談話，且已交中央廣播電臺廣播，而刪電（十月
一日）忽令檢扣，以致與報館交涉時報館竟要求由汪先生來電更正，拒絕接
收檢查所命令。」〔註47〕

〔註44〕中國第二歷史檔案館：《中華民國史檔案資料彙編》第五輯第一編文化（一）
　　　　169～170 頁，江蘇古籍出版社，1994 年 5 月。
〔註45〕中國第二歷史檔案館：《中華民國史檔案資料彙編》第五輯第一編文化（一）
　　　　169～170 頁，江蘇古籍出版社，1994 年 5 月。
〔註46〕中國第二歷史檔案館：《中華民國史檔案資料彙編》第五輯第一編文化（一）
　　　　169 頁，江蘇古籍出版社，1994 年 5 月。
〔註47〕中國第二歷史檔案館：《中華民國史檔案資料彙編》第五輯第一編文化（一）
　　　　169～170 頁，江蘇古籍出版社，1994 年 5 月。

　　新聞檢查雖為事前審查，同時也應是依照法律法規事前檢查。

　　但是南京國民政府時期的《重要都市新聞檢查辦法》規定，新聞檢查所在業務上受國民黨中央宣傳委員會指導：各地新聞檢查所檢查新聞手續，呈報中央宣傳委員會備案；新聞檢查所各項條例及辦事細則，均須呈報中央宣傳委員會備案；遇有疑問，得由主任隨時請示主管機關或中央宣傳委員會決定之。各新聞檢查所檢查新聞，除按《新聞檢查標準》外，仍須隨時遵照中央宣傳委員會頒佈的注意要點。由此可知新聞檢查所受國民黨中央宣傳委員會領導，並且國民黨中央宣傳委員會可以在法律法規之外，隨時下達檢扣命令。這意味著國民黨中央宣傳委員會是新聞檢查最高權力機構，掌握著言論生殺予奪大權，同時其自身的行為不受法律限制。既然國民黨中央宣傳委員會可在法律法規之外，隨時下達檢扣命令，那麼《新聞檢查標準》之外的新聞被檢扣就不足為怪了。

　　不過國民黨中央宣傳委員會既非國民黨制定政策的機構，也不是政府立法機構。它下達的命令既不屬於法律範疇也不在新聞政策的正當性範疇。其隨時下達檢扣命令行為是典型的人治而非法治。

　　政黨在政體中運作的以方式是由於政黨制度和政體決定的。政黨在政體運作中的地位和功能，大體上分為間接影響和直接決策型（直接領導式或直接干預式）兩種。由於國民黨實行一黨制和獨裁政體，國民黨屬於直接決策型，因為其國家的真正權力中心和最高決策者是國民黨本身，而非該黨產生的權利集團──行政首腦及其五院，國民黨直接參與政府的運作，掌握政府的領導大權，成為政府決策及其貫徹執行程序中不可少的環節。國民黨領導國家政治社會的直接干預方式表現在：不通過國家政權，而在國家政權之外直接行使本應由國家代議機關和政權機關行使的職責；國民黨居於政府之上，形成國民黨決策、政府執行的局面。這樣，就出現了法律和政策同時規範社會、國家和政府行為的「二元法制」現象。〔註48〕

　　國民黨內有關政策制定的結構，主要是全代會、中執會、中常會和中政會。三全大會通過的《確定訓政時期黨、政府、人民行使政權之分際及方略案》第 2 條規定：決定縣自治制度之一切原則及訓政之根本政策與大計，由中國國民黨中央執行委員會政治會議行之。其第 4 條規定：中國國民黨中央

〔註48〕 田湘波：《中國國民黨黨政體制剖析（1927～1937）》第 265 頁，湖南人民出版社，2006 年 3 月。

執行委員會政治會議在決定訓政大計指導政府上，對中國國民黨中央執行委員會負責；國民政府在實施訓政機會與方案上，對中國國民黨中央執行委員會政治會議負責。〔註 49〕全代會和中執會都是政治決策機構，但全代會是制定政策的最高機關。因爲「所謂訓政，是以黨來訓政，是以國民黨來訓政。在訓政時期中，國民大會的政權乃由本黨的全國代表大會代行，所以凡政治上一切最高的方針與原則，無論是外交的、財政的、軍事的、內政的、教育的……都有待於大會決定。」〔註 50〕中常會常常會對政府的政策也進行討論並作出決定，在政府結構之內，決策權在中政會手裏。〔註 51〕在全代會閉會期間，中執會代行其職權。中執會既確定內政建設、教育建設、國民經濟生活建設、外交、軍事、民族等方面的原則，也直接通過法律案及其它具體政策交中常會、中政會、國府、軍事機關或行政院執行。中常會不僅是國民黨中央的決策機構，更由於國民黨一黨執政的關係。使中常會成爲黨政最重要的決策中心，舉凡黨政的重大決策多半在此作成。中政會是政治決策中心，它與政策制定有密切的關係。全代會、中執會和中常會的許多政策要通過中政會到達國民政府。

　　新聞檢查在制度上賦予國民黨中央宣傳委員會人治的可能，在執行過程中出現人治而非法治的情形實屬自然，加之對於違檢行爲的行政懲罰是剛性的。比如 1934 年 2 月 21 日國民政府頒佈命令，規定報刊不遵守新聞檢查所刪扣者，行政院或軍事委員會可予以一日到一星期停版處分〔註 52〕，因此刪扣言論與言論自由受法律保護之間的衝突不可避免。

　　1934 年 12 月天津、上海各報館聯名致電國民黨中央第五次執行委員會，要求依法進行新聞檢查，保護公民言論自由權利。

　　1935 年 2 月 1 日軍事軍事委員會、行政院會同發佈題爲《對於報館之健全輿論應予保護令》的行政命令，命令要求各省政府「申令各機關對於各種言論機關之檢查及取締一律依法令辦理」，「申令各機關嗣後應保護健全之輿論，不得濫用職權。對於檢查取締事項，務應恪遵法令，毋稍逾越。」

〔註 49〕　《中國國民黨歷次代表大會及中央全會資料》（上），第 659 頁。
〔註 50〕　胡漢民在三全大會上致的《開幕詞》（1929 年 3 月 15 日）《中國國民黨歷次代表大會及中央全會資料》（上），第 617 頁。
〔註 51〕　錢端升：《論中國的戰時政治體制》（1942 年 4 月。），《錢端升學術論著自選集》，第 640 頁。
〔註 52〕　劉哲民：《近現代出版新聞法規彙編》第 541 頁，學林出版社，1992 年 12 月。

案查二十三年十二月第五次中央執行委員會全體會議開會時，曾有天津、上海各報館聯名電請：（一）檢查新聞應一律遵照中央所頒佈標準，審慎執行；（二）對於新聞機關或記者之處分，不宜訴諸非常手段；（三）前此新聞機關或記者，不論在中央或地方，受停閉拘禁其它處分者，但使不以武力或暴動爲背景，請一律開復等情一案，經中央常會決議叫本院、本委員會核辦。茲查修正新聞檢查標準及修正重要都市新聞檢查辦法並檢查新聞辦法大綱，業經中央先後制定通行遵照。關於設置新聞檢查所程序及檢查新聞標準，上述辦法及標準中也已詳爲規定。該報館等所請關於（一）檢查新聞應一律遵照中央所頒佈標準，審慎執行；（二）對於新聞機關或記者之處分，不宜訴諸非常手段兩項，自屬正當。關於（三）前此新聞機關或記者，不論在中央或地方，受停閉拘禁其它處分者，但使不以武力或暴動爲背景，請一律開復一項，查檢查新聞除遵照修正新聞檢查標準各條所規定外，並須依出版法及宣傳品審查標準低二項、第三項之規定。修正新聞檢查標準附注第一項已經明白規定。又依照出版法第三十六、三十七、三十九、四十、四十一各條新聞紙有違背出版法情事者，得禁止其發行，並得處分發行人、編輯人等一年以下有期徒刑、拘役。是前此新聞機關或記者，在中央或地方所受停閉禁拘或其它處分，自難不論情由，一律開復。如被處分者認爲該項處分有不當或違法之處，自亦可分別提起上訴或訴願，並不患無救濟之途。原電關於此項主張，自應無庸置疑。惟保護言論自由，政府遞經申令各機關對於各種言論機關之檢查及取締，自應一律依法令辦理。今後尤宜益加勉勵，務期貫徹中央扶植輿論之方針。夫言論自由，原爲法律範圍內之自由，並非漫無限制。國內言論機關，深明大義，守法自愛者固屬多數，而不健全不成熟者亦尚有所聞。或則泄露國家軍事外交之秘密。或則明知全係謠言，而故意散佈，期遂挑撥離間、搖亂人心之私圖。或則挾嫌報怨，利用報館地位，肆意毀損他人名譽。因此種種遂致觸犯法紀或引起被害方面之報復。政府對於公正優良之報館，固應竭力獎掖，而於動機不正、罔知法紀法紀者，亦不得不執法以繩。乃昧於事理者，不究內容，動輒以摧殘輿論等名詞加諸檢查機關，以冀聳人聽聞。以此而言自

由，其結果恐報館有自由而人民無保障，少數人快私意，而多數人
蒙禍殃。小之則減少輿論之價值，大之則損害國家之利益。流弊所
及，胡可勝言。爲此申令各機關嗣後一面應保護健全之輿論，不得
濫用職權。對於檢查取締事項，務應恪遵法令，毋稍逾越。一面對
各地言論機關，亦須剴切曉諭，務使其各自約束並屬受新聞道德，
勿濫用報館力量，以妨害國家及他人之利益。庶全國新聞事業，可
期入於正規，宏輿論之效力，樹法治之根基，胥於是賴焉。除分令
外，合行令仰遵照。此令。〔註53〕

同月 11 日（1935 年 2 月 11 日）國民政府再次下達題爲《報館對於黨政之設
施應守秘密者外均得自由刊佈令》的行政命令，訓令直轄各機關「凡對於黨
政之設施，有事實之根據，而爲善意之言論者，除涉及軍事或外交秘密或妨
害黨國大計外，均得自由刊佈之。但不得宣傳與三民主義不相容之主義。」
〔註54〕

　　1935 年 12 月 10 日南京國民政府第三次通令全國切實保障正當輿論，以
崇法治，而重民意。令稱「乃近查各地方機關，仍有於法律範圍以外，任意
扣留報紙，干涉輿論情事，殊有未合」「對於正當輿論，務予切實保障爲要」。

　　《報館對於黨政之設施應守秘密者外均得自由刊佈令》（1935）
民國二十四年十二月十日國民政府訓令直轄各機關「爲令飭事，案
奉中央執行委員會二十四年十二月七日敬字第八四二號函開：爲保
障人民言論自由，迭經本會決議通行有案。凡屬正當輿論，自不容
妄加干涉。乃近查各地方機關，仍有於法律範圍以外，任意扣留報
紙，干涉輿論情事，殊有未合。茲經本會第五屆第一次全體會議議
決，應請政府通令全國切實保障正當輿論，以崇法治，而重民意。
相應函達查照辦理等因，奉此，自應照辦。除函覆並分行外，合行
令仰遵照。並轉飭所屬一體遵照。對於正當輿論，務予切實保障爲
要。此令。」〔註55〕

1935 年這三個保護言論自由的命令都是國民政府根據國民黨中央執行委員會

〔註53〕　劉哲民：《近現代出版新聞法規彙編》第 479～480 頁，學林出版社，1992 年
　　　　 12 月。
〔註54〕　劉哲民：《近現代出版新聞法規彙編》第 481 頁，學林出版社，1992 年 12 月。
〔註55〕　劉哲民：《近現代出版新聞法規彙編》第 481～482 頁，學林出版社，1992 年
　　　　 12 月。

精神制定的，無論是從黨的新聞政策而言還是行政命令而言都具有很高的權威性，新聞檢查所的最高領導機構國民黨中央宣傳委員會自然也一體遵照執行。不過新聞檢查制度並未廢除，新聞檢查組織機構並未取消，因此這三個命令的作用談不上矯枉過正。這一時期出現的依法保障言論自由局面是階段性的，暫時性的。

6.2.2 《五五憲草》時期

1936 年 5 月 5 日，國民政府公佈《中華民國憲法草案》，《中華民國憲法草案》第十三條規定：「人民有言論、著作及出版之自由，非依法律，不得限制之。」〔註56〕第二十四條規定：「凡人民之其它自由及權利不妨害社會秩序公共利益者，均受憲法之保障，非依法律，不得限制之。」第二十五條規定：「凡限制人民自由或權利之法律，以保障國家安全、避免緊急危難、維持社會秩序或增進公共利益所必要者爲限。」第二十六條規定：「凡公務員違法侵害人民之自由或權利者，除依法律懲戒外，應負刑事及民事責任；被害人民就其所受損害，並得依法律向國家請求賠償。」第一三九條規定：「憲法所稱之法律，謂經立法院通過，總統公佈之法律。」第一四〇條規定：「法律與憲法牴觸者無效。法律與憲法有無牴觸，由監察院於該法律施行後六個月內，提請司法院解釋；其詳以法律定之。」第一四一條規定：「命令與憲法或法律牴觸者無效。」

上述 7 條規定以憲法形式從「對權利的保障、對權利的限制、對政府侵犯的限制」三個方面對言論出版自由進行了保護，對濫用言論出版自由進行了限制，《五五憲草》明文規定言論出版自由非依法律不得限制；規定只有在保障國家安全、避免緊急危難、維持社會秩序或增進公共利益所必要者時才可制定限制人民自由或權利之法律；只有法律，而不是行政法規或命令，可以限制公民言論出版自由，否則違憲；規定公民的言論出版自由受到公權力違法侵害時，不但要依法律懲戒，侵權者還應負刑事及民事責任；被害人可就其所受損害，依法向國家請求賠償。不過《五五憲草》對權力的保障採取的是憲法限制主義表述。

這一時期新聞傳播方面由國民政府頒佈的法律法規有 2 部。它們是《出版法》（1937 年 7 月 8 日）和《出版法實施細則》（1937 年 7 月 28 日）

〔註56〕殷嘯虎：《近代中國憲政史》第 313 頁，上海人民出版社，1997 年 11 月。

　　這兩部法律的具體內容概括來說就是出版可自由，黨和政府同時負責媒體的創辦與審核；言論有禁載。

1、出版可自由

　　1937 年《出版法》和《出版法實施細則》採取的是寬鬆的註冊制，普通人即可創辦報刊，受過停刊處分的發行人或編輯及記者也可以創辦新的報刊。

　　《出版法》（1937）第 13 條規定：「有下列情形之一者，不得為新聞紙或雜誌之發行人或編輯人：一、國內無住所者；二、禁治產者；三、被處徒刑或一月以上之拘役在執行中者；四、褫奪公權者。」〔註57〕《出版法》（1937）第 14 條規定：「有下列情形之一者，得禁止其為新聞紙或雜誌之發行人或編輯人：一、因違反第二十一條之規定受刑事處分者；二、因貪污或詐欺行為受刑事處分者。」〔註58〕

　　《已受取締之新聞紙及雜誌負責人等發行其它新聞紙或雜誌之登記案件，應於登記考查表內加具意見》（1937）民國二十六年一月三十日內政部咨各省市政府「查新聞紙或雜誌雖受停刊處分，其發行人或編輯及記者，如無出版法第十條所列各款情事，自可再請發行其它新聞紙或雜誌。其出版品如仍有不妥之處，可隨時依法予以處分，毋庸限制。惟轉送是項登記案件，應於登記考查表內加具意見。」〔註59〕

　　與前不同的有兩項。

　　其一，資本數目也在登記之列。

　　《出版法施行細則》（1937）第 6 條規定：「出版法第九條第二項第三款所定登記申請書，應載明之資本數目，如係刊行新聞紙者，得依照下列規定定其額數：

　　一、在人口百萬以上之省政府或市政府所在地刊行報紙者，一萬元以上；刊行通訊稿者，三千元以上。

　　二、在人口未滿百萬之省政府或市政府所在地刊行報紙者，六千元以上；刊行通訊稿者，一千元以上。

　　三、在特區行政公署縣政府或設治局所在地刊行報紙者，一千元以上；

〔註57〕　劉哲民：《近現代出版新聞法規彙編》第 136 頁，學林出版社，1992 年 12 月。
〔註58〕　劉哲民：《近現代出版新聞法規彙編》第 136 頁，學林出版社，1992 年 12 月。
〔註59〕　劉哲民：《近現代出版新聞法規彙編》第 485 頁，學林出版社，1992 年 12 月。

刊行通訊稿者，二百元以上。但該地向無報社或通訊社之設立而創刊報紙者，得減低至五百元以上，創刊通訊稿者，得減低至一百元以上。

　　新聞紙在前項第一款至第三款所定區域以外之地方刊行者，其資本額數得有省市政府或特區行政公署酌定，分別咨呈內政部查核備案。」〔註60〕

　　《出版法施行細則》（1937）第七條規定：「出版法修正施行前已登記之新聞紙，應於出版法修正修行後六個月內，依照前條規定，補行資本額數登記之申請。

　　不依前項規定限期補行資本額數登記之申請者，得依出版法第二十六條之規定，停止該新聞紙之發行。」〔註61〕

　　資本數目的登記和繳納保證金不同，保證金制是一種帶有預防性質的管理制度，它比批准制寬鬆，比註冊制嚴苛。保證金制需要繳納一定數額的保證金之後才可以辦報，如果報刊違規則在保證金中扣除罰金。保證金制一方面可以從經濟方面預防報刊不遵守約束發表違規言論，另一方面擡高了報刊創辦的經濟門檻。資本數目登記是說在登記內容上要登記資本數目，這一內容的增加並沒有改變報刊創辦註冊這一性質。

　　其二，報刊發行人資格有要求。

　　1937 年《出版法實施細則》對新聞紙發行人提出了要求，規定新聞紙發行人需或有學歷或有從業經歷。其中在教育部認可之國內外大學或專科學校畢業得有證書者即爲合格，其它情況則需要服務新聞事業三年或以上。但對編輯記者資格未作限制。

　　　　《出版法施行細則》（1937）民國二十六年七月二十八日內政部
　　修正公佈第八條規定：「出版法第九條第二項第六款所定登記申請書
　　應載明之經歷，如爲新聞紙之發行人時，以具有下列資格之一者爲
　　合格：

　　　　一、在教育部認可之國內外大學或專科學校畢業，得有證書者
　　　　　　；

　　　　二、在教育部認可之高級中學畢業，並服務新聞事業三年以上
　　　　　　，有證書者；

〔註60〕　劉哲民：《近現代出版新聞法規彙編》第 142～143 頁，學林出版社，1992 年
　　　　　12 月。
〔註61〕　劉哲民：《近現代出版新聞法規彙編》第 143 頁，學林出版社，1992 年 12 月。

　　三、在新聞事業之主管機關服務三年以上，有證明文件者；

　　四、服務新聞事業五年以上，有相當證明者。」〔註62〕

這一規定雖有限制之意，但並非全無道理，關鍵在於成爲新聞紙發行人的通道是打開的，那些通過自學或者私塾而識文斷字的文化人可以先成爲記者編輯而後成爲發行人。

　　這一階段報紙的申辦程序爲地方主管官署——當地同級黨部——省政府——當地同級黨部——內政部——中央宣傳部。與前不同之處在於省以下城市也可以進行創辦申請；報紙申辦時間有明確的規定，《出版法》規定報刊申辦在 43 天內完成。不過黨和政府同時管新聞並無改變，各級黨部、中央宣傳部依然是報刊的登記和審核部門，其中中央宣傳部具有最高決策權。

　　《出版法》（1937）第 9 條規定：「爲新聞紙或雜誌之發行者，應由發行人於首次發行前，填具登記申請書呈由發行所所在地之地方主管官署於十五日內轉呈省政府或直隸於行政院之市政府核准後，始得發行。省政府或直隸於行政院之市政府，接到前項登記申請書後，除特別情形外，應於二十八日內核定之，並轉請內政部發給登記證。內政部於發給登記證後，應將登記聲請書抄送中央宣傳部登記。」〔註63〕

　　《出版法施行細則》（1937）第十條規定：「地方主管官署，於依出版法第九條第一項呈轉新聞紙或雜誌之登記聲請時，應送當地同級黨部審查，同意後，於登記申請書內加具意見，以一份存查，三份呈送省政府或直隸於行政院之市政府。」〔註64〕《出版法施行細則》（1937）第十一條規定：「省政府或直隸於行政院之市政府，於依出版法第九條第二項核定新聞紙或雜誌之登記申請時，應送當地同級黨部審查，同意後，除不予核轉登記者得逕行飭知並咨報內政部外，其准予核轉登記者，於登記申請書加具意見，以一份存查，二份咨送內政部。」〔註65〕《出版法施行細則》（1937）第十二條規定：「內政部接到前條登記文件，應送中央宣傳部審查同意後，發給登記者。」〔註66〕

〔註62〕劉哲民：《近現代出版新聞法規彙編》第 143 頁，學林出版社，1992 年 12 月。
〔註63〕劉哲民：《近現代出版新聞法規彙編》第 135 頁，學林出版社，1992 年 12 月。
〔註64〕劉哲民：《近現代出版新聞法規彙編》第 143 頁，學林出版社，1992 年 12 月。
〔註65〕劉哲民：《近現代出版新聞法規彙編》第 143 頁，學林出版社，1992 年 12 月。
〔註66〕劉哲民：《近現代出版新聞法規彙編》第 143 頁，學林出版社，1992 年 12 月。

2、言論有禁載

這一時期禁載內容跟上一階段相比，禁載內容有所減少，特別是政治之禁載方面。不過法律條文中依舊有「意圖顛覆國民政府」「意圖破壞公共秩序」「意圖破壞中國國民黨」等字樣，依舊採取的是「危險傾向」原則。具體來說，這一時期言論在禁載內容上主要有以下幾個方面：

（1）危害國家安全

《出版法》（1937）第21條規定：「出版品不得為下列各款言論或宣傳之記載：……二、意圖顛覆國民政府或損害中華民國利益者；……」〔註67〕

（2）危害公共秩序

《出版法》（1937）第21條規定：「出版品不得為下列各款言論或宣傳之記載：……三、意圖破壞公共秩序者。」〔註68〕《出版法》（1937）第22條規定：「出版品不得為妨害善良風俗之記載。」〔註69〕《出版法》（1937）第23條規定：「出版品不得登載禁止公開訴訟事件之辯論。」〔註70〕

（3）政治之禁載

《出版法》（1937）第21條規定：「出版品不得為下列各款言論或宣傳之記載：一、意圖破壞中國國民黨或違反三民主義者；……」〔註71〕

6.3 新聞統制政策之行政處分

本節筆者對這一時期的法律法規命令中的法律後果進行考察，考察的對象為行政機關作為執法主體所進行的行政處分，不包含司法機關作為執法主體所進行的審判。

法律後果是法律規範的一個組成部分。法律規範在邏輯上由前提條件、行為模式和法律後果三部分所組成。在前提條件部分，立法者規定了適用該法律規範的條件和情況。在行為模式部分，立法者通過設定權利和義務的方式來給人們的行為確立統一的標準。行為模式有三種類型：一是「可為」的規定，通過這種規定，立法者授權人們可以作出或不作出某種行為，這種規範是授權性規範；二是「應為」的規定，通過這種規定，立法者要求人們必

〔註67〕 劉哲民：《近現代出版新聞法規彙編》第137頁，學林出版社，1992年12月。
〔註68〕 劉哲民：《近現代出版新聞法規彙編》第137頁，學林出版社，1992年12月。
〔註69〕 劉哲民：《近現代出版新聞法規彙編》第137頁，學林出版社，1992年12月。
〔註70〕 劉哲民：《近現代出版新聞法規彙編》第137頁，學林出版社，1992年12月。
〔註71〕 劉哲民：《近現代出版新聞法規彙編》第137頁，學林出版社，1992年12月。

須作出某種行為，即要求人們承當一種積極的作為的義務，這種規範是命令性規範。三是「勿為」的規定，通過這種規定，立法者要求人們不得作出某種行為，即要求人們承當一種消極的不作為的義務，這種規範是禁止性規範。在法律後果部分，立法者通過設定相應的行為後果來引導、保證人們按照行為模式的要求去辦事。法律後果有兩種：肯定性法律後果，即法律承認一定行為的合法性、有效性，並給予保護乃至獎勵；另一種是否定性法律後果，即法律對一定行為的合法性、有效性不予承認，並加以撤銷乃至制裁。法律規範通過這種嚴密的邏輯結構來保證權利得到享用，命令得以執行，禁令得到遵守，從而建立起一定社會所需要的社會秩序。〔註 72〕

　　執法有廣義和狹義之分，廣義的執法是國家行政機關、司法機關和法律授權或委託的組織及其公職人員依照法定職權和法定程序，貫徹實施法律的全部活動，它包括一切國家機關執行法律、適用法律的活動。狹義的執法是僅指國家行政機關和法律授權的或委託的組織及其公職人員在行政管理活動中依照法定職權和法定程序，對社會進行行政管理的活動，亦稱行政執法。〔註73〕本文所稱執法為廣義的執法，包括國家司法機關及其公職人員依照法定職權和法定程序，貫徹實施法律的活動。執法主體包括國家行政機關和司法機關。

　　行政機關主要包括各級人民政府及其職能部門，而司法機關則主要由各級人民法院和檢察院構成。行政機關行使的是行政管理職權，而司法機關中法院依法行使審判職權，檢察院依法行使法律監督職權和一定範圍內的刑事偵查職權，公安機關依法行使部分刑事偵查職權。行政機關實行首長負責制，而司法機關中法院和檢察院則實行集體負責制。至於警察局的性質比較特殊，當其在依據行政法律規範執行行政管理職能時，被認定為是行政機關，而當其依據刑事法律規範行使刑事偵查職能時，被認定為是司法機關。

　　1927 年 4 月 18 日～1937 年 8 月 13 日這一時段是南京國民政府執政的和平時期，這一時期由國民黨及國民政府及其行政部門頒佈了許多關於新聞出版方面的法律法規。就筆者目力所見，內容包括法律後果的共計 14 部，它們

〔註72〕　徐永康：《法律學》第 17 頁，上海人民出版社，2003 年 9 月第一版，2003 年
　　　　　12 月 12 日第二次印刷。
〔註73〕　徐永康：《法律學》第 297 頁，上海人民出版社，2003 年 9 月第一版，2003
　　　　　年 12 月 12 日第二次印刷。

是《宣傳品審查條例》（1929 年 1 月 10 日）、《省及特別市黨部宣傳工作實施方案》（1929 年 1 月 24 日）、《取締銷售共產書籍辦法令》及辦法（1929 年 6 月 22 日）、《指導黨報條例》（1930 年 3 月 24 日）、《出版法》（1930 年 12 月 16 日）、《出版法實施細則》（1931 年 10 月 7 日）、《中國國民黨西南各級黨部審查出版物暫行條例》（1932 年 9 月 19 日）、《新聞不服檢查者，軍政機關得予以一日至一星期停刊處分令》1934 年 2 月 21 日、《修正圖書雜誌審查辦法》1934 年 6 月 1 日、《重要都市新聞檢查辦法》（1933 年 1 月 19 日 1933 年 9 月 21 日修正）、《取締發售業經查禁出版品辦法》1934 年 7 月 17 日、《出版法》（1937 年 7 月 8 日）、《出版法實施細則》（1937 年 7 月 28 日）、《檢查書店發售違禁出版品辦法》1937 年 8 月 12 日。

就筆者目力所見，1937 年 8 月 14 日～1949 年 9 月 30 日前法律法規命令中內容包括法律後果的有 4 部，它們是《調整出版品查禁手續令》（1939 年 10 月 24 日）、《非常時期報社通訊社雜誌社登記管制暫行辦法》（1943 年 4 月 15 日）、《新聞記者法》（1944 年 9 月 27 日公佈 9 月 27 日修正 1945 年 7 月 1 日施行）、《新聞記者法施行細則》（1944 年 8 月 19 日）。雖然前後有和平時期與戰爭時期之分，但就執法主體而言具有一致性，在此合併述之。

內中有四類情況：

第一類執法主體是宣傳部。《指導黨報條例》第十六條規定：「各黨報如有違背前條之規定，各級宣傳部得按其情節輕重，分別議處。其辦法如下：（一）警告（二）撤換負責人或改組（三）停刊（四）懲辦負責人。」〔註74〕

第二類執法主體是軍政機關。《新聞不服檢查者，軍政機關得予以一日至一星期停刊處分令》國民政府稱：「在檢查期間，如新聞有不服檢查者，軍政機關得予以一日至一星期停版之處分或其它必要之處分。〔註75〕」

第三類執法主體是政府機關。

第四類執法主體是法院。

黨的宣傳部對黨的報紙進行處罰自在權限範圍，法院審理案件作出裁決是職責所在。但是 14 部法律法規命令中只有 3 部法律——《出版法》（1930）、《出版法》（1937）和《新聞記者法》（1945）及其實施細則中規定違法由法院審理裁奪，而 14 部法律法規命令中除黨報之外所有執法主體都有政府機

〔註74〕劉哲民：《近現代出版新聞法規彙編》第 446 頁，學林出版社，1992 年 12 月。
〔註75〕劉哲民：《近現代出版新聞法規彙編》第 541 頁，學林出版社，1992 年 12 月。

關，從中我們可以看出執法主體多爲行政機關而非司法機關。因此在這一階段行政處罰對新聞出版界影響程度深廣。詳見下面表格：

名　　　　稱	執法主體
《宣傳品審查條例》（1929 年 1 月 10 日）	政府「第十一條規定：各級黨部如在所屬區域內發現反動刊物，認爲重要者，得咨請所在各地政府先行扣留察勘，再呈請中央宣傳部處理之。第十二條規定：反動刊物之查禁印售，反動宣傳品機關之查封，及其負責人之究辦，由中央國民政府令主管機關執行之。」〔註 76〕
《省及特別市黨部宣傳工作實施方案》（1929 年 1 月 24 日）	當地政府「處置出版機關辦法（b）d）查禁省或特別市黨部如發現所屬區域內有反動派主持的新聞紙或刊物，須呈請中央予以查禁。如遇緊急情形，得咨當地政府予以查禁，但須呈請中央覆核。」〔註 77〕
《取締銷售共產書籍辦法令》及辦法（1929 年 6 月 22 日）	政府「甲關於取締銷售共產書籍各書店之辦法第二條規定：令各地黨部宣傳部隨時審查該區域內書店銷售之書籍。如發現有共產書籍時，會同該地政府予以嚴厲之處分，並隨時呈報上級黨部。乙關於取締印刷共產刊物之印刷所及工人辦法第二條規定：各印刷所及印刷工人如私印共產書籍及宣傳品，一經發覺，即行予以嚴厲之處分。」〔註 78〕
《指導黨報條例》（1930 年 3 月 24 日）	各級宣傳部
《出版法》（1930 年 12 月 16 日）、《出版法實施細則》（1931 年 10 月 7 日）	各省政府、內政部、法院
《中國國民黨西南各級黨部審查出版物暫行條例》（1932 年 9 月 19 日）	當地政府「第四條規定：各縣市黨部，如發現反動刊物，應呈報各該省市之審查會或上級黨部，商於當地政府查禁之。第六條規定，出版物審查會如認爲有反動性質之出版物，除呈報當地最高黨部外，並應先行咨請當地政府禁止發售及散佈，並得於必要時扣押之。」〔註 79〕

〔註 76〕 劉哲民：《近現代出版新聞法規彙編》第 209 頁，學林出版社，1992 年 12 月。
〔註 77〕 劉哲民：《近現代出版新聞法規彙編》第 442 頁，學林出版社，1992 年 12 月。
〔註 78〕 劉哲民：《近現代出版新聞法規彙編》第 300 頁，學林出版社，1992 年 12 月。
〔註 79〕 劉哲民：《近現代出版新聞法規彙編》第 220 頁，學林出版社，1992 年 12 月。

名　　　稱	執法主體
《新聞不服檢查者，軍政機關得予以一日至一星期停刊處分令》1934 年 2 月 21 日	軍政機關
《修正圖書雜誌審查辦法》1934 年 6 月 1 日	內政部第十一條第二項規定「圖書雜誌出版後，如發現與審查稿本不符時，由本會呈請中央宣傳委員會轉內政部予以處分。」
《重要都市新聞檢查辦法》（1933 年 1 月 19 日 1933 年 9 月 21 日修正）	當地政府機關「第九條規定：各報社、通訊社，如有違反各該檢查所之各項規定或命令者，應由各該所報告當地政府機關依照出版法處分之。」〔註 80〕
《取締發售業經查禁出版品辦法》1934 年 7 月 17 日	政府「第二條規定：各級主管行政機關，如據報告或發覺有前項出版品發售時，應即警告發售處所禁止其發售。第三條規定：該發售處所接得前項警告後，如仍發售該項出版品，應由當地主管行政機關轉行警察機關從速依法扣押其出版品。第四條規定：曾受前條處分之發售機關，再發售同前出版品，應由當地主管行政機關，轉行警察依法拘罰該發售處所之負責人。」〔註 81〕
《出版法》及出版法實施細則（1937）	內政部、地方主管官署、省政府或市政府、法院
《檢查書店發售違禁出版品辦法》1937 年 8 月 12 日	政府「第七條規定：各項取締辦法之執行，概由當地主管行政機關依法辦理。」〔註 82〕第四條規定：取締辦法如下：甲、警告並扣押該項禁售出版品，有底板者並予扣押；乙、拘罰發行人或主管發售出版品之店主或經理。第五條規定：凡發行或出售中央查禁並經通知禁售之出版品者，得按本辦法第四條甲項辦理。第六條規定：凡曾受本辦法第四條甲項處分一次，復經發覺發行或出售同前之違禁出版品者，得按照本辦法第四條乙項之規定處理。〔註 83〕

〔註 80〕 劉哲民：《近現代出版新聞法規彙編》第 537 頁，學林出版社，1992 年 12 月。
〔註 81〕 劉哲民：《近現代出版新聞法規彙編》第 307 頁，學林出版社，1992 年 12 月。
〔註 82〕 劉哲民：《近現代出版新聞法規彙編》第 308 頁，學林出版社，1992 年 12 月。
〔註 83〕 劉哲民：《近現代出版新聞法規彙編》第 308 頁，學林出版社，1992 年 12 月。

名　　稱	執法主體
《調整出版品查禁手續令》 1939 年 10 月 24 日	內政部「在抗戰期間，如認爲有應受出版法第二十四條所定之禁止或限制者，得由中央圖書雜誌審查委員會轉請中央宣傳部商由本部予以禁止或限制，並得撤銷其註冊。並請通行軍事政訓機關，嗣復關於出版取締，應依法定程序轉送中央圖書審查委員會審查，轉請中央宣傳部核轉本部辦理，不得逕予查扣，庶辦理有所依據，事權得資統一。」〔註 84〕
《非常時期報社通訊社雜誌社登記管制暫行辦法》1943 年 4 月 15 日	第七條規定：雜誌社經核准登記後，其出版內容與聲請登記時所填之發行旨趣不符者，內政部得於中央宣傳部審定後停止其發行，並註銷登記。〔註 85〕
	第八條規定：報紙、通訊稿、雜誌之內容如不合於抗戰建國之需要，並足貽社會以不良之影響者，內政部得於中央宣傳部審定後停止其發行，並註銷登記。中元圖書雜誌審查委員會或軍事委員會戰時新聞檢查局，如遇有前條或本條所定情形，除依審檢法規辦理外，得報請中央宣傳部審定，轉函內政部辦理之。〔註 86〕
《新聞記者法》1944 年 9 月 27 日公佈 9 月 27 日修正 1945 年 7 月 1 日施行《新聞記者法施行細則》1944 年 8 月 19 日	第十七條規定：本法第二十八條所定撤銷證書之處分，如係違反同法第二十二條或第二十三條之規定者，應依法院判決確定後，始得執行。第二十條規定：本法第二十七條、第二十九條規定之停止及罰鍰處分，由市縣政府執行，並轉報內政部。〔註 87〕

　　行政處分包括行政處罰和行政強制。本節所述行政處罰和行政強制當且僅當單獨執行行政處分時，司法機關定性定罪之後所採取的行政執法不在其列。

　　行政處罰是行政機關、法律授權的組織對違反行政法律、法規的公民、法人或其它組織實施的制裁措施的執法。其基本形式有：警告、罰款、沒收

〔註 84〕　劉哲民：《近現代出版新聞法規彙編》第 313 頁，學林出版社，1992 年 12 月。
〔註 85〕　劉哲民：《近現代出版新聞法規彙編》第 500 頁，學林出版社，1992 年 12 月。
〔註 86〕　劉哲民：《近現代出版新聞法規彙編》第 500 頁，學林出版社，1992 年 12 月。
〔註 87〕　劉哲民：《近現代出版新聞法規彙編》第 527 頁，學林出版社，1992 年 12 月。

違法所得、責令停產停業、暫扣或弔銷許可證，行政拘留以及法律行政法規規定的其它行政處罰。〔註88〕

行政強制是指行政機關在行政處罰決定中，要求公民、法人或其它組織履行一定的義務，行政相對人員逾期既不申請復議、又不起訴、拒不履行生效的法定義務，而由行政機關依法採取強制措施，迫使其履行相應義務的執法。行政強制包括間接強制、直接強制、即時強制。其主要方式是：對人身方面的強制有強制戒毒、帶離現場等；對財產方面的強制有查封、扣押、凍結、強制撤除、強制收購等；對能力方面的強制有暫扣執照、收繳商標標誌等。〔註89〕

南京國民政府時期採取的行政處罰和行政強制有警告、扣押出版品、扣押發售所負責人、查封、停止發行等五種形式。下面分述之。

（1）警告

警告為行政處罰基本形式之一。這一階段實施警告處罰的項目主要在三方面：新聞紙或雜誌刊登禁載內容情節輕微者、新聞紙或雜誌違檢和書店發售禁售刊物。

刊登禁載內容情節輕微者可警告。

1929 年 1 月 24 日第二屆中央執委會第 192 次常委會通過《省及特別市黨部宣傳工作實施方案》，方案在處置出版機關的消極辦法第三條中規定「報紙新聞稿或刊物有違反本黨記載或言論者，省或特別市黨部須予以警告。」
〔註90〕

《出版法》（1930）第 23 條規定：「內政部認出版物載有第 19 條各款所列事項之一，或違背第 21 條所定禁止或限制之事項者，得指明該事項，禁止出版品之出售及散佈，並得於必要時扣押之。

依前項規定扣押之出版品，如經發行人之請求，得於除去該事項後返還之。

第一項所定，其情節輕微者，得由內政部予以糾正或警告。〔註91〕」

〔註88〕 徐永康：《法律學》第 301 頁，上海人民出版社，2003 年 9 月第一版，2003 年 12 月 12 日第二次印刷。

〔註89〕 徐永康：《法律學》第 301 頁，上海人民出版社，2003 年 9 月第一版，2003 年 12 月 12 日第二次印刷。

〔註90〕 劉哲民：《近現代出版新聞法規彙編》第 441 頁，學林出版社，1992 年 12 月。

〔註91〕 劉哲民：《近現代出版新聞法規彙編》第 107 頁，學林出版社，1992 年 12 月。

　　《出版法》（1937）第 28 條規定：「內政部認為出版品載有第二十一條所列事項之一、或違背第二十四條所定禁止或限制之事項者，得指明該事項，禁止出版品之出售及散佈，並得於必要時扣押之。

　　依前項規定扣押之出版品，如經發行人之請求，得於刪除該事項之記載，或禁令解除時返還之。

　　第一項所定，其情節輕微者，得由地方主管官署，呈准該管省政府或市政府予以警告，並由該省政府或市政府轉報內政部。」〔註 92〕

　　新聞紙或雜誌違檢。

　　1936 年 6 月 7 日頒佈的《各省市新聞檢查所新聞檢查違檢懲罰暫行辦法》規定，各報社通訊社不依照規定送檢或未經檢查先行發表、因而發現違背新聞檢查標準之規定者，各報社不遵照刪改稿件刊載者，各報社對於緩登或免登之消息仍行披露者，各報社通訊社或外埠各報駐當地記者私將緩登或免登之消息泄漏外間查有實據者，情節輕微情況下給予警告處分；各報社對刪免消息不設法補足、故與新聞文字內留空白數行或數字以至猜疑者，三次以上予以警告處分。

　　第一條　各省市新聞檢查所新聞檢查如遇有違檢情事時除出版法另
　　　　　　有處理規定外，悉依本辦法之規定辦理之。

　　第二條　各報社通訊社違檢一般懲罰分左列四種：一、忠告，二、
　　　　　　警告、三、有期停刊、四、無期停刊

　　第三條　有左列情形之一者均屬違檢：一、各報社通訊社不依照規
　　　　　　定送檢或未經檢查先行發表，因而發現違背新聞檢查標準
　　　　　　之規定者；二、各報社不遵照刪改稿件刊載者，三、各報
　　　　　　社對於緩登或免登之消息仍行披露者；四、各報社通訊社
　　　　　　或外埠各報駐當地記者私將緩登或免登之消息泄漏外間查
　　　　　　有實據者。五、各報社對刪免消息不設法補足，故與新聞
　　　　　　文字內留空白數行或數字以至猜疑者。

　　第四條　犯第三條第一二三四各項者，按情節輕重分別予以第二條
　　　　　　所規定之各項處分

　　第五條　犯第三條第五項一次者予以忠告

〔註 92〕劉哲民：《近現代出版新聞法規彙編》第 138 頁，學林出版社，1992 年 12 月。

第六條　凡違檢經忠告三次以上者，予以警告處分，警告至兩次以上者，予以有期停刊處分，有期停刊處分至兩次以上者，予以無期停刊處分。

第七條　有期停刊時期以一日至一月爲限，此項處分執行得視其情節輕重爲日數之規定。

第八條　各新聞檢查所如發現報社或通訊社有違檢情事時，除情節較輕者得由各新聞檢查所給予忠告處分外，其情節較重者應呈報中央宣傳部及當地主管軍政機關依法處分之。

第九條　各報社或通訊社如有泄漏特種重要機密，引起國家重大問題者，以危害國家論罪，不適用本懲罰法。

第十條　本辦法呈准中央常會核准施行。

中宣部

25 年 6 月 7 日〔註93〕

書店發售查禁出版品實施警告。

　　1934 年 7 月 17 日內政部公佈《取締發售業經查禁出版品辦法》，辦法第一條規定「各地主管行政機關，如據報告或發覺有前項出版品發售時，應即警告該發售處所禁止其發售。」〔註94〕

　　凡取締發售業經中央通行查禁之出版品，應依本辦法行之。

第一條　各地主管行政機關，如據報告或發覺有前項出版品發售時，應即警告該發售處所禁止其發售。

第二條　該發售處所接得前項警告後，如仍發售該項出版品，應由地方主管行政機關轉行警察機關從速依法扣押其出版品。

第三條　曾受前條處分之發售處所，再發售同前出版品，應由當地主管行政機關，轉行警察依法拘罰該發售處所之負責人。

第四條　執行警告，須以書面行之。

第五條　執行檢查、扣押或拘罰，須出示證明文件，否則該發售人得扭送警察機關，依法處理。

〔註93〕　第二歷史檔案館，全宗號七—八，案卷號 224。
〔註94〕　劉哲民：《近現代出版新聞法規彙編》第 307 頁，學林出版社，1992 年 12 月。

第六條　本辦法自呈准公佈之日施行。〔註95〕

（2）扣押出版品

扣押出版物可以是一種行政處罰，也可以是一種行政強制。執法的目的在於禁止已查禁出版品的發售，對於發售人與發售單位並無財產方面的懲罰或人身自由之限制，因此是一種較輕的處罰。

南京國民政府扣押出版品有行政強制與行政處罰兩種方式。

一種是行政強制，即先警告後扣押。1934 年 7 月 17 日內政部公佈《取締發售業經查禁出版品辦法》，辦法第二條規定：「該發售處所接得前項警告後，如仍發售該項出版品，應由地方主管行政機關轉行警察機關從速依法扣押其出版品。

另一種是行政處罰，即直接扣押。先警告後扣押比直接扣押在執法方面寬鬆許多，一般在緊急狀態或違反重大問題之限制時才直接扣押出版物。

一是違反重大問題之限制。

1930 年 12 月 16 日《出版法》第 23 條規定：「內政部認出版品載有第十九條各款所列事項之一，或違背第二十一條所定禁止或限制之事項者，得指明該事項，禁止出版品之出售及散佈，並得於必要時扣押之。」〔註96〕第 24 條規定：「依前項規定禁止進口之新聞紙或雜誌，省政府或市政府得於其進口時扣押之。」〔註97〕

1937 年 7 月 8 日《出版法》第 28 條規定：「內政部認爲出版品載有第二十一條所列事項之一、或違背第二十四條所定禁止或限制之事項者，得指明該事項，禁止出版品之出售及散佈，並得於必要時扣押之。〔註98〕第 32 條規定：「因新聞紙或雜誌所載事項，依第二十八條第一項所定之處分，而其情節重大者，內政部得定期或永久停止其新聞紙或雜誌之發行。違背前項禁止而發行之新聞紙或雜誌，地方主管官署應扣押之。」〔註99〕第 34 條規定：「出版品之記載。除有觸犯刑法規定應依法辦理外，其有違反第二十二條之規定，情形較爲重大者，內政部或地方主管官署呈經內政部核准，得禁止其出售、

〔註95〕劉哲民：《近現代出版新聞法規彙編》第 307 頁，學林出版社，1992 年 12 月。
〔註96〕劉哲民：《近現代出版新聞法規彙編》第 107 頁，學林出版社，1992 年 12 月。
〔註97〕劉哲民：《近現代出版新聞法規彙編》第 107 頁，學林出版社，1992 年 12 月。
〔註98〕劉哲民：《近現代出版新聞法規彙編》第 138 頁，學林出版社，1992 年 12 月。
〔註99〕劉哲民：《近現代出版新聞法規彙編》第 138 頁，學林出版社，1992 年 12 月。

散佈，並得於必要時扣押之。前項出版品，如為新聞紙或雜誌，並得定期停止其發行。〔註100〕

一為緊急狀態。

1929 年 1 月 24 日第二屆中央執委會第 192 次常委會通過《省及特別市黨部宣傳工作實施方案》，方案在處置出版機關的消極辦法第三條中規定「省或特別市黨部如發現所屬區域內有反動派主持之新聞或刊物，須呈請中央予以查禁。如遇緊急情形，得咨當地政府予以查禁，但須呈請中央覆核。」〔註101〕

1937 年 8 月 12 日《檢查書店發售違禁出版品辦法》第四條第五條規定：凡發行或出售經中央禁查並經通知禁售之出版品者，予以警告處分併扣押該項禁售出版品。（有底板者並予扣押）。鑑於 1937 年 8 月 12 日國民政府宣佈處於全面抗戰階段，《檢查書店發售違禁出版品辦法》屬於戰時新聞政策，較前嚴苛也有一定的道理。

對於出版品也可採取暫時扣押措施。《出版法》（1937）第 29 條規定：「地方主管官署查有前條第一項之出版品，如認為必要時，得暫行禁止該出版品之出售散佈，或暫行扣押。同時呈報省政府或直隸於行政院之市政府，轉報內政部核辦。」〔註102〕

1937 年 8 月 12 日《檢查書店發售違禁出版品辦法》第九條規定：「凡發行或出售未經中央通行查禁而確有顯著反動言論之出版品者，得令暫停發售。必要時亦得暫行扣押，並檢查取樣本，迅送中央宣傳部或內政部核對。」
〔註103〕

兩個《出版法》都規定出版品扣押後除去查禁內容後予以返還。

《出版法》（1930）第 23 條規定：「內政部認為出版物載有第 19 條各款所列事項之一，或違背第 21 條所定禁止或限制之事項者，得指明該事項，禁止出版品之出售及散佈，並得於必要時扣押之。依前項規定扣押之出版品，如經發行人之請求，得於除去該事項後返還之。〔註104〕」

《出版法》（1937）第 28 條規定：「內政部認為出版品載有第二十一條所列事項之一、或違背第二十四條所定禁止或限制之事項者，得指明該事項，

〔註100〕劉哲民：《近現代出版新聞法規彙編》第 139 頁，學林出版社，1992 年 12 月。
〔註101〕劉哲民：《近現代出版新聞法規彙編》第 441 頁，學林出版社，1992 年 12 月。
〔註102〕劉哲民：《近現代出版新聞法規彙編》第 138 頁，學林出版社，1992 年 12 月。
〔註103〕第二歷史檔案館，全宗號七，案卷號 9929。
〔註104〕劉哲民：《近現代出版新聞法規彙編》第 107 頁，學林出版社，1992 年 12 月。

禁止出版品之出售及散佈，並得於必要時扣押之。依前項規定扣押之出版品，如經發行人之請求，得於刪除該事項之記載，或禁令解除時返還之。」〔註105〕

檢查書店發售違禁出版品辦法 〔註106〕

26 年 8 月 12 日第五屆中央常務委員會第五十次會議通過

一、各省市黨部或省市政府，在中央宣傳部或內政部指引之下，得隨時派員檢查各該地書店書攤。(以下簡稱書店)

二、凡經中央通行查禁之出版品，由各省市政府印製禁售出版品一覽表，每周分發各書店一次，通知不得發行或出售。(在本辦法未施行前之查禁出版品補行通知)

三、各書店接得前項禁售出版品一覽表或臨時通後，如仍發行或出售違禁出版品者，由當地黨部會同政府予以取締，經過分別報告中宣部及內政部備案。

四、取締辦法如左：

甲、警告並扣押該項禁售出版品。(有底板者並予扣押)

乙、拘罰發行人或主管發售出版品之店主或經理。

五、凡發行或出售經中央禁查並經通知禁售之出版品者，得按本辦法第四條甲項辦理。

六、凡曾受本辦法第四條甲項處分一次復經發覺發行或出售同前之違禁出版品者，得按照本辦法第四條乙項之規定辦理。

七、各項取締辦法之執行，該由當地主管行政機關依法辦理。

八、檢查書店時，如遇有發行或出售未經中央通行查禁而有反動嫌疑或有其它不妥意識之出版品者，應出價購買迅送中央宣傳部或內政部核辦。

九、凡發行或出售未經中央通行查禁而確有顯著反動言論之出版品者，得令暫停發售。必要時亦得暫行扣押，並檢查取樣本，迅送中央宣傳部或內政部核對。

〔註105〕劉哲民：《近現代出版新聞法規彙編》第 138 頁，學林出版社，1992 年 12 月。
〔註106〕《臨時法規》第 19～20 頁。

十、凡黨政機關派人檢查或執行取締時，須出示證明文件，以昭鄭
　　重，否則各該書店負責人得扭送警察機關依法處理。

十一、本辦法由中央核准施行。〔註107〕

（3）扣押發售所負責人

扣押發售所負責人屬於行政強制，是警告或者扣押查禁出版品無傚之後
的強制手段。與扣押出版品相比，這是對人身自由的強制，比對財產方面的
強制要嚴厲。

1934年7月17日內政部公佈《取締發售業經查禁出版品辦法》，其第四
條規定在警告、扣押出版品之後，「曾受前條處分之發售處所，再發售同前
出版品，應由當地主管行政機關，轉行警察依法拘罰該發售處所之負責人。」
〔註108〕

1937年8月12日第五屆中央常務委員會第五十次會議通過《檢查書店發
售違禁出版品辦法》，其第六條規定在警告並扣押該項禁售出版品之後：「凡
曾受本辦法第四條甲項處分一次復經發覺發行或出售同前之違禁出版品者，
得按照本辦法第四條乙項之規定辦理。」第四條乙項內容為「拘罰發行人或
主管發售出版品之店主或經理。」〔註109〕

（4）查封出版單位或發售所

查封出版單位或發售所可以是一種行政處罰，也可以是一種行政強制。
作為行政強制，是警告或者扣押查禁出版品無傚之後的強制手段。與扣押出
版品相比，都是對財產方面的強制手段，但查封出版單位或發售所比扣押出
版品要嚴厲。作為行政處罰，查封出版單位或發售所是行政處罰中非常重的
處罰，含有嚴令禁止的意思。

就筆者目力所見，南京國民政府查封出版單位或發售所併非行政強制而
是行政處罰。查封出版單位或發售所採取的是發現即行查封的方式，而不是
先警告扣押違禁出版品，禁而不止後查封。直接查封的報刊是國民政府認定
的「反動」刊物。

根據1929年1月10日國民黨第二屆中央執委會第190次常務會議公布
施行的《宣傳品審查條例》，第五條規定：「凡含有下列性質之宣傳品為反動

───────────

〔註107〕第二歷史檔案館，全宗號七，案卷號9929。
〔註108〕劉哲民：《近現代出版新聞法規彙編》第307頁，學林出版社，1992年12月。
〔註109〕《臨時法規》第19～20頁。

宣傳品：一、宣傳共產主義及階級鬥爭者；二、宣傳國家主義、無政府主義及其它主義，而攻擊本黨主義、政綱、政策及決議案者；三、反對或違背本黨主義、政綱、政策及決議案者；四、挑撥離間分化本黨者；五、妄造謠言以淆亂視聽者。」〔註110〕

　　在筆者查閱的第二歷史檔案館和上海檔案館檔案中，查封出版單位或發售所的檔案集中在 1928 年～1929 年，共計 10 份。10 份檔案均顯示當時國民政府中央政府和地方政府對「反動」刊物採取的都是發現即行查封的方式，也就是嚴屬的行政處罰方式。

　　1928 年 6 月 7 日上海防守司令部令上海臨時法院立即封閉《神州日報》，使其停止營業。

　　　　徑啓者頃奉司令面諭，本埠《神州日報》宣傳赤化，亟應嚴予封禁，以遏亂萌等因，奉此相應函請貴院將該報館立予封閉停止營業是為至荷。此致臨時法院

　　　　　　　　　　　　　　　　上海防守司令部副官處啓

　　　　　　　　　　　　　　　　　　　　六月七日〔註111〕

　　1928 年 11 月 28 日江蘇省政府委員會主席鈕永建令上海臨時法院查禁《戰迹旬刊》。中國國民黨中執委員會秘書處通令各省各特別市黨務指導委員會並交國民政府分令各省各特別市政府飭屬一體查禁，務絕流行。

江蘇省政府訓令第六七零七號

令上海臨時法院

　　　　為令遵事案奉國民政府令發中央執行委員會秘書處以共黨刊物《戰迹旬刊》言論悖謬，奉批交查禁原函一件，仰即飭屬查禁絕等因，查近頃屢次發現言論悖謬刊物，顯係有好亂之徒陰謀思逞，亟應嚴密查禁務絕流行，除令民政廳飭屬查禁外，合行抄發原函，令仰該院遵照嚴令所屬隨時切實檢查務期禁絕，毋忽。此令

計抄發原函一件

　　　　　　　　　　　　中華民國十七年十一月二十八日

　　　　　　　　　　江蘇省政府委員會主席　鈕永建〔註112〕

〔註110〕劉哲民：《近現代出版新聞法規彙編》第 208 頁，學林出版社，1992 年 12 月。
〔註111〕上海檔案館，全宗號 q179，目錄號 1，案卷號 9。
〔註112〕上海檔案館，全宗號 q179，目錄號 1，案卷號 9。

　　徑啓者頃奉常務委員交下中央宣傳部密呈一件，內稱查有共黨刊物《戰迹旬刊》，言論悖謬，意圖煽惑人心危害黨國，亟應嚴行查禁，以塞亂源，據該刊刊面載明該刊係中國濟難會江蘇全省總會編輯印行，除設法密查情形，再行核辦外，理合檢同該刊第四期第五期各一冊，備文呈請鈞會通令各省各特別市黨務指導委員會並交國民政府分令各省各特別市政府飭屬一體查禁，務絕流行等情。批如擬辦理在卷，除分令各省市黨務指導委員會遵照辦理外，相應函請查照轉陳辦理爲荷。此致國民政府文官處

　　　　　　　　　　中國國民黨中執委員會秘書處〔註113〕

1928 年 12 月 13 日國民黨中央秘書處查禁旬刊《革命中國》。

　　徑啓者：頃奉常務委員交下中央宣傳部函一件，內稱：查有《革命中國》旬刊社所出創刊號內「中國與世界」欄載種種反動言論，並有「一切中央的反動的決議」之語，又中國革命退潮的原因及其必然的結果一文，內有「不幸，不長進的國民黨，現在竟然放棄了他的歷史使命，使中國革命瀕於流產，這是全體國民黨員都應該自刻（原文）的，尤其是負最高領導之責的領袖們」各等語。該刊編者自稱爲國民黨黨員，而對於訓政時期中央工作的意義毫不體會，議論悖謬，肆意煽惑，實屬居心叵測，自應澈查究辦，以杜鼓惑。查該刊並未確實載明編輯發行地址，惟載有通訊處大倉園七號轉等字樣，相應檢呈原刊物，敬請鑒核轉交國民政府飭南京特別市政府澈查究辦，並將該刊沒收，禁止發行售賣，實爲公便等情。經奉批：交國民政府轉飭查禁等因。相應據情錄批函達，即煩查照轉陳辦理爲荷。

　　此致

　　　　　　　　　　　　　　　　國民政府文官處

　　　　　　　　　　中國國民黨中央執行委員會秘書處

　　　　　　　　　　中華民國十七年十二月十三日〔註114〕

〔註113〕上海檔案館，全宗號 q179，目錄號 1，案卷號 9。

〔註114〕中國第二歷史檔案館：《中華民國史檔案資料彙編》第五輯第一編文化（一）186～187 頁，江蘇古籍出版社，1994 年 5 月。

1928 年 12 月 13 日江蘇省政府委員會主席鈕永建令上海臨時法院封閉發售「反動」刊物的復旦書店和南京光天書局。

江蘇省政府密令第七零九二號令上海臨時法院〔註 115〕

　　　　為密令事本年十二月十二日奉國民政府密令開現接中央執行委員會函開，查有上海四川路復旦書店批發並在南京光天書局分售之檢閱周刊，對於中央決議妄事詆毀，並捏造粤桂滇黔鄂五省聯盟等謠言，實屬蓄意反動妨害治安，業經中央第一八五次常務會議決議，由貴政府飭令個省市政府一嚴屬切查究，對於發售此種反動刊物之書店，應予封閉等因，自應辦理，除分令合行令，仰該省政府遵照迅速辦理具報，此令等因，除復並行民政局飭屬查禁併合併密令該院長迅收該書店封閉從嚴查究。

中華民國十七年十二月十三日

江蘇省政府委員會主席鈕永建〔註 116〕

1928 年 12 月 26 日中國國民黨中央執行委員會秘書處令行江蘇省政府轉飭上海臨時法院，將印發「反動」刊物《血潮》之勵群書社，即行封閉。

國民黨中央秘書處致國民政府文官處函

　　　　徑啟者：頃奉常務委員會交中央宣傳部函一件，內稱：敬密啟者：案據北平特別市黨務指導委員會宣傳部呈報查獲反動刊物《血潮》，請查禁等情到部，自應從嚴查禁，以過亂萌。擬請函交國民政府：（一）通令全國各省市政府嚴禁轄境內書肆售賣上項反動刊物《血潮》，違者封閉；（二）令行江蘇省政府轉飭上海臨時法院，將印發該刊物之上海福熙路（刊內原載如此應查是否為福煦路之誤）二九六號勵群書社，即行封閉。以上二者辦法是否有當，理合檢同原刊物函請鑒核施行等情。經奉批：照辦在卷。相應據情錄批函達，即希查照、轉陳辦理為荷。此致

國民政府文官處

中國國民黨中央執行委員會秘書處

中華民國十七年十二月二十六日〔註 117〕

〔註 115〕　上海檔案館，全宗號 q179，目錄號 1，案卷號 9。
〔註 116〕　上海檔案館，全宗號 q179，目錄號 1，案卷號 9。

1929 年 1 月 24 日國民黨第二屆中央執委會第 192 次常委會通過《省及特別市黨部宣傳工作實施方案》，規定省及特別市黨部對於出版機關之處置，應分積極的、消極的兩種辦法，第四種消極辦法即為查禁：「省或特別市黨部如發現所屬區域內有反動派主持之新聞或刊物，須呈請中央予以查禁。如遇緊急情形，得咨當地政府予以查禁，但須呈請中央覆核。」〔註 118〕

1929 年 3 月 15 日，國民政府下令上海臨時法院查封現代書局，下令天津市政府查禁《民眾呼聲》等書店和刊物。

國民政府司法院訓令訓字第 135 號

令司法行政部部長魏道明為令遵事案奉國民政府 18 年 3 月 15 日第 216 號訓令內開案據本府文官處簽呈稱準中央執行委員會秘書處函開頃據中央宣傳部來呈四件。（一）為上海福州路現代書局所出之《菊芬》及《最後的微笑》二書宣傳共產及階級鬥爭，請轉函國民政府通令查禁，並飭上海臨時法院查封現代書局由。（二）為日文《上海周報》造謠煽亂，請函國民政府通令查禁由；（三）為《民眾呼聲》刊物措辭妄誕，蓄意反動，請函國民政府令飭天津市政府禁查並飭郵局檢查扣留銷毀由。（四）為準總司令部函送上海市公安局查獲共黨傳單一束及刊物一種，請核辦等語，請轉函國民政府令各軍政機關注意檢查由，經呈奉常委委員批准如所請並交國民政府辦理等因在卷相應抄同各該原呈並檢附各反動刊物函達即希查照轉陳辦理為荷等由，理合簽呈鑒核等情，據此自應照辦，除函覆並分令外合行令，仰尊照轉飭所屬對於上述各反動刊物一體嚴密檢查，務期禁絕等因，奉此，除分令外合行令，仰遵照並轉飭所屬遵照。此令。〔註 119〕

1929 年江蘇省政府下令上海公共租界臨時法院按照《取締銷售共產書籍各書店辦法》辦理此類案件。採取的原則是從嚴處分原則，嚴密查禁，一經發現即行取締。

〔註 117〕 中國第二歷史檔案館：《中華民國史檔案資料彙編》第五輯第一編文化（一）189 頁，江蘇古籍出版社，1994 年 5 月。
〔註 118〕 劉哲民：《近現代出版新聞法規彙編》第 441 頁，學林出版社，1992 年 12 月。
〔註 119〕 第二歷史檔案館，全宗號七，案卷號 911。

江蘇省政府訓令字第三九二七號
令上海公共租界臨時法院

　　查近日市上發現共黨所著刊物，頗多言論荒謬或詆毀黨國或誘惑青年，查此類書籍大都在租界內各小書坊寄售，彼輩只知唯利是圖，暢爲銷售，惟其結果，因銷售逾多閱者逾眾，而流毒而愈深，號志之青年每爲誘惑幼稚之工業更易爲煽動，殊非黨國之福。職會隱憂所及，爲特呈請鈞會仰所迅行嚴禁共黨著作等情，查所稱各節，確如實情，如不迅予嚴密查禁，難杜煽惑，爲害滋巨。茲特擬具取締辦法甲乙兩項，另紙繕正，備文呈請鈞會查核示，批准照辦等因在案，即照該項辦法分別辦理，並批覆外相應據情錄批並抄同該項辦法函請查找。特陳分別辦理爲荷。

　　抄甲、關於取締銷售共產書籍各書店辦法

　　　　一、函國民政府特令上海特別市政府及臨時法院隨時注意查察上海各書店銷售之書籍，按周報告

　　　　二、令各地黨部宣傳部隨時審查該區域內書店銷售之書籍，如發現有共產書籍時，會同該地政府予以嚴屬之處分，並隨時呈報上級黨部。

　　　　三、通令各級黨部特知本黨黨員應隨時隨地留心各書店所銷售之書籍，如遇發現共產書籍時立即報告該地高級黨部，由高級黨部按照前條辦法辦理。

　　乙、關於取締印刷共產刊物之印刷所及工人辦法

　　　　一、請交中央訓練部通告各省市印刷業商會及工會特告該地印刷所及印刷工人，令其不得代印共產書籍及印刷品，通令全國各黨政機關嚴密注意各印刷所之印刷。

　　　　二、各印刷所及工人如私印共產書籍及宣傳品，一經發覺即行予以嚴屬之處分。〔註120〕

1929年6月4日國民政府主席蔣中正、司法院院長王憲惠在給司法行政部的命令中提到要查禁「反動」刊物，從嚴收正，冀絕流行。

〔註120〕上海檔案館，全宗號q179目錄號1，案卷號9。

令司法行政部

爲令尊事案本府文官處簽呈稱準中央執行委員會秘書處函開，據中央宣傳部呈稱，查各地發現反動刊物，雖迭經屬部呈請鈞會轉飭查禁冀絕流行，而近據各地報告仍不免有反動分子潛伏，妄鼓邪說，淆惑視聽情事，若不嚴予收正，爲害滋巨，擬請鈞會通令全省各特別市各特別部轉飭所屬黨部，並國民政府轉飭各地政軍警機關，通飭所屬，嗣後遇有反動刊物搜獲，應即檢送一份或數份來部，以便審核，而予糾正。實爲公便等。

中華民國 18 年 6 月 4 日

主席 蔣中正

司法院院長 王憲惠〔註 121〕

關於上海現代書局因印發《菊芬》及《最後的微笑》二書被查封之事還有後話，1929 年 6 月 21 日國民政府主席和五院院長發出國民政府令，令上海臨時法院免予執行對現代書局的查封。現代書局在查封三個月後解禁。

國民政府訓令字第四八一號
令上海臨時法院

爲令遵事據本府文官處簽呈稱準中央執行委員會秘書處函開據中央宣傳部呈稱案查上海現代書局因印發共產黨徒蔣光赤即蔣光慈所著之《菊芬》及《最後的微笑》二書，經職部於本年三月七日呈請鈞會函文交國民政府轉飭查禁，並將該書局予以封閉各在案，茲據該書局呈稱竊書商現代書局於民國十六年創辦迄今一年有餘，宗旨黨化宣傳文藝趨向，政策革新之途爲文藝界謀進化藉圖營業上薄利，茲閱報載國府通令查禁商局出版之《菊芬》及《最後的微笑》二書，以爲内容係宣傳共產及階級鬥爭並有查封商局等語，商局閱報後當即將此兩種書籍停止售賣，並已毀版。曾經登報聲明此，商局尊重黨國之誠意也。按《菊芬》及《最後的微笑》二書，最先收稿之初，批閱内容僅見其通篇累幅爲描寫愛情文字，故不知其含有宣傳共產及階級鬥爭性質，更不審作者究屬何如人，亦只以普通賣文爲活者流視之而已。乃内容竟有如國府通令所稱此爲商局編輯檢

〔註 121〕《國民政府訓令第 417 號》第二歷史檔案館檔案全宗號七，案卷號 5758。

閱失當，咎無旁貸，是以停售毀版，惟以報載國府並令查封商局等
語，商局為顧全營業維護血本起見，不得不呈請大部予以顧恤，為
此，伏維大部俯念商艱轉咨國府賜予撤回，不勝感激，待命之至等
情。前來查該書局所稱各節經職部詳加調查，確屬實情，除批答呈
悉據呈請求轉咨免於封閉一節，姑念該書商一時失檢，情尚可原，
應准專呈常委委員會聽候核不可也，印發外合備文呈請鈞會鑒核，
函交國民政府轉飭免予封閉以恤商艱是否有當。謹祈核示等情，經
陳奉常務委員批准照辦等因相應據情錄批函達即煩查照轉陳免於執
行封閉該書局前令為荷等由，到處理合轉呈鑒核等情，據此，查此
案前經轉陳即經令飭該院將該書局查封在案，茲據前情自應免予執
行除分令並咨處函覆外合亟令仰該法院即便遵照辦理。此令

中華民國十八年六月二十一日

主席　蔣中正

司法院院長　王寵惠

行政院院長　譚延闓

考試院院長　戴傳賢

立法院院長　胡漢民

監察院院長　蔡元培〔註 122〕

1933 年教育部頒佈《教育部查禁普羅文藝密令》，通令各省查禁普羅文藝刊物。

　　檢查的對象除學校課本外、傳記小說與社會及自然科學之純理
論作品，毋庸注意外，其應予查禁者厥為：一、共黨之通告、議案
等秘密文件及宣傳品，及其它各反動組織或分子宣傳反動詆毀政府
之刊物；二、普羅文學。關於第一種反動刊物。其旗幟鮮明，立場
顯著，最易辨識；但本市各大小書店，此種刊物尚未發現。其最難
審查者，即第二種之普羅文藝刊物。蓋此輩普羅作家，能本無產階
級之情緒，運用新寫實派之技術，雖煽動無產階級鬥爭、非難現在
經濟制度、攻擊本黨主義，然含意深刻，筆致輕纖，絕不以露骨之
名詞嵌入文句，且注重體裁的積極性，不僅描寫階級鬥爭，尤為滲
入無產階級勝利之暗示，故一方煽動力甚強，危險性甚大；而一方

〔註 122〕上海檔案館，全宗號 q179 目錄號 1，案卷號 9。

又是閃避政府之注意。蘇俄十月革命之成功，多得力於文字宣傳，迄今蘇俄共黨且有決議，定文藝爲革命手段之一種，其重要可知也……。惟職意此事關係甚大，過嚴則阻礙文化之進步，過寬又恐貽黨國以危機，如能組織專審機關聘任對於此類文藝素有認識者若干人，悉心審查，權衡至當，無縱無枉，黨國前途實利賴之。〔註 123〕

據此，查普羅文學全係挑撥階級感情，企圖煽起鬥爭，以推翻現有一切制度，其爲禍之烈，不可言喻。每查本部郵件檢查所查獲該項刊物之寄發地點，多自上海寄往國內各地，其經過武漢警備區者，已難儘量查禁檢扣。而各地流行，自尤難普遍禁絕。據稱前情，除組設專審機關一節，已函漢市黨務整委會酌予核辦；並令飭所屬對於該項刊物，隨時注意，嚴密查扣，禁止流傳，及分別呈函外理合抄同附表呈請鑒核，通飭各省嚴密查禁，以遏亂萌。〔註 124〕

（5）停止發行

南京國民政府時期給予停止發行行政處罰的有三種情形，它們是不履行註冊登記義務；有禁載之內容；違反新聞檢查相關規定。

【1】不履行註冊登記義務的報刊，停止發行。

南京國民政府時期報刊創辦制度是寬鬆的註冊登記制，對於不履行註冊登記義務的報刊，採取停止發行的處罰辦法。法治國家不僅僅立法要衡平寬鬆，執法公正嚴明，守法也是其中應有之義。不登記不得發行，註冊登記後允許發行是正常的行政管理手段。

1930 年《出版法》第 22 條規定：「不爲第七條或第八條之聲請登記，或就應登記之事項爲不實之陳述而發行新聞紙或雜誌者，省政府或市政府得於其爲合法之聲請登記前，停止該新聞紙或雜誌之發行。」〔註 125〕

1937 年《出版法》第 26 條規定：「不爲第九條之聲請登記，或就應登記之事項爲不實之陳述而發行新聞紙或雜誌者，得停止該新聞紙或雜誌之發行。不爲第十條之聲請變更登記而發行新聞紙或雜誌者，得於其爲合法之聲請登記前，停止該新聞紙或雜誌之發行」〔註 126〕第 27 條規定：「前條所定之

〔註 123〕劉哲民：《近現代出版新聞法規彙編》第 303 頁，學林出版社，1992 年 12 月。
〔註 124〕劉哲民：《近現代出版新聞法規彙編》第 303 頁，學林出版社，1992 年 12 月。
〔註 125〕劉哲民：《近現代出版新聞法規彙編》第 107 頁，學林出版社，1992 年 12 月。
〔註 126〕劉哲民：《近現代出版新聞法規彙編》第 137 頁，學林出版社，1992 年 12 月。

處分，其出版品在縣政府或市政府所在地發行者，應同時由該縣政府或市政府呈請省政府核准；在省政府或直隸於行政院之市政府所在地發行者，應同時由該省政府或市政府咨請內政部核准，方得執行。省政府核准執行者，應咨報內政部備案。」〔註 127〕

【2】有禁載之內容，停止發行。

停止發行有定期停止和永久停止兩種情況。

1937 年 7 月 8 日《出版法》第 32 條規定：「因新聞紙或雜誌所載事項，依第二十八條第一項所定之處分，而其情節重大者，內政部得定期或永久停止其新聞紙或雜誌之發行。違背前項禁止而發行之新聞紙或雜誌，地方主管官署應扣押之。」〔註 128〕

《出版法》（1937）第 34 條規定：「出版品之記載。除有觸犯刑法規定應依法辦理外，其有違反第二十二條（筆者注：妨礙善良風俗）之規定，情形較爲重大者，內政部或地方主管官署呈經內政部核准，得禁止其出售、散佈，並得於必要時扣押之。前項出版品，如爲新聞紙或雜誌，並得定期停止其發行。〔註 129〕

【3】違反新聞檢查相關規定

1934 年 2 月 21 日國民政府訓令行政院軍事委員會「新聞不服檢查者，軍政機關得予以一日至一星期停版處分」。

> 查有少數報紙，不遵首都新聞檢查所之刪扣，將不實消息任意登載，致奉行刪扣之報紙疑爲待遇不公，設詞攻擊該所，於檢查工作不無阻礙。茲經本院第一四七此會議決議，如新聞有不服檢查者，得予以停版三日至一星期之處分，函請鑒核等由。經本會議第三九五次會議決議，在檢查期間，如新聞有不服檢查者，軍政機關得予以一日至一星期停版之處分及其它必要之處分。相應錄案函達，即希查照。分別飭遵等由。準此，自應照辦，除函覆並分令軍事委員會，行政院外，合行令仰該院會遵照，並轉飭所屬一體遵照。此令。
>
> 〔註 130〕

〔註 127〕劉哲民：《近現代出版新聞法規彙編》第 138 頁，學林出版社，1992 年 12 月。
〔註 128〕劉哲民：《近現代出版新聞法規彙編》第 138 頁，學林出版社，1992 年 12 月。
〔註 129〕劉哲民：《近現代出版新聞法規彙編》第 139 頁，學林出版社，1992 年 12 月。
〔註 130〕劉哲民：《近現代出版新聞法規彙編》第 541 頁，學林出版社，1992 年 12 月。

1936 年 6 月 7 日中宣部頒佈《各省市新聞檢查所新聞檢查違檢懲罰暫行辦法》，第二條規定：「各報社通訊社違檢一般懲罰分左列四種：一、忠告，二、警告、三、有期停刊、四、無期停刊。」第六條規定：「凡違檢經忠告三次以上者，予以警告處分，警告至兩次以上者，予以有期停刊處分，有期停刊處分至兩次以上者，予以無期停刊處分。」第七條規定：「有期停刊時期以一日至一月為限，此項處分執行得視其情節輕重為日數之規定。」

《各省市新聞檢查所新聞檢查違檢懲罰暫行辦法》

第十一條　各省市新聞檢查所新聞檢查如遇有違檢情事時除出版法另有處理規定外，悉依本辦法之規定辦理之。

第十二條　各報社通訊社違檢一般懲罰分左列四種：一、忠告，二、警告、三、有期停刊、四、無期停刊。

第十三條　有左列情形之一者均屬違檢：一、各報社通訊社不依照規定送檢或未經檢查先行發表，因而發現違背新聞檢查標準之規定者；二、各報社不遵照刪改稿件刊載者，三、各報社對於緩登或免登之消息仍行披露者；四、各報社通訊社或外埠各報駐當地記者私將緩登或免登之消息泄漏外間查有實據者。五、各報社對刪免消息不設法補足，故與新聞文字內留空白數行或數字以至猜疑者。

第十四條　犯第三條第一二三四各項者，按情節輕重分別予以第二條所規定之各項處分

第十五條　犯第三條第五項一次者予以忠告

第十六條　凡違檢經忠告三次以上者，予以警告處分，警告至兩次以上者，予以有期停刊處分，有期停刊處分至兩次以上者，予以無期停刊處分。

第十七條　有期停刊時期以一日至一月為限，此項處分執行得視其情節輕重為日數之規定。

第十八條　各新聞檢查所如發現報社或通訊社有違檢情事時，除情節較輕者得由各新聞檢查所給予忠告處分外，其情節較重者應呈報中央宣傳部及當地主管軍政機關依法處分之。

第十九條　各報社或通訊社如有洩漏特種重要機密，引起國家重大
　　　　　問題者，以危害國家論罪，不適用本懲罰法。

第二十條　本辦法呈准中央常會核准施行。

中宣部

25 年 6 月 7 日〔註 131〕

將上述內容綜合來看，這一時期南京國民政府對於「反動」刊物給予的行政處罰是嚴厲的——一經發現即行查封，報刊違檢給予的行政強制最重可達有期停刊乃至永久停刊，也是嚴厲的。至於其它則爲通識，比如報刊刊載違禁內容，一般按照警告——扣押出版物——有期停刊——永久停刊之順序進行行政處罰和行政強制，只有在緊急狀態或違反重大問題之限制時才直接扣押出版物。比如在人身自由的限制方面，限於有令不止的重複違反者；比如不履行註冊登記義務，履行義務之後即可發行。

6.4 新聞統制政策之司法審判

從法理學上說，司法是指國家司法機關及其公作人員依照法定職權和法定程序，具體運用法律處理的專門活動。〔註 132〕

司法是由特定的國家機關及其公職人員，依照法定職權行使司法權的專門活動，具有國家權威性，只有特定主體才有權適用法律，行使司法權。1933 年 12 月 23 日南京國民政府內政部《在詮釋出版法七項疑義咨》中告知各省市政府《出版法》第六章所定罰則由司法機關處理。1934 年 7 月 6 日司法院的司法解釋也明確指出第六章處罰事項由普通法院審判執行。

《詮釋出版法七項疑義咨》
民國二十二年十二月二十三日內政部咨各省市政府

問：六、關於第六章之罰則，縣政府是否可以逕自執行，抑須預爲請示省政府？七、關於第五、六章之行政處分及罰則，如縣政府必須先爲請求省政府，然後處分執行，則在此往返呈請核示期間，若該新聞紙已自知其必停刊，而利用此時間益肆爲軼出範圍，或違

〔註 131〕第二歷史檔案館，全宗號七～八，案卷號 224。
〔註 132〕徐永康：《法理學》第 314 頁，上海人民出版社，2003 年 9 月第一版，2003 年 12 月第二次印刷。

反出版法之言論與記載，則當地之縣政府有無可以救濟或制止之辦法。〔註133〕

答：六七兩項，出版法第五章行政處分，應由縣政府呈准省政府核定後執行。其第六章所定罰則，則應由司法機關處理。〔註134〕

解釋舊出版法罰則執行及第十四條疑義民國二十三年七月六日司法院院字第一零九二號訓令廣西高等法院首席檢察官（1934）

出版法之執行機關，除關於該法第五章行政處分外，其涉及第六章處罰事項，應由普通法院審判執行。〔註135〕

南京政府時期，最高法院及各級法院、最高檢察院及各級檢察院是司法的主體，分別行使國家的審判權和檢察權。審判權即適用法律、處理案件、作出判決和裁定；檢察權即代表國家批准逮捕、提起公訴、監督審判等。除此之外，其它任何國家機關、社會組織或公民都不是司法主體，也不能行使司法權。1934 年 8 月 1 日南京國民政府司法院指出《出版法》第六章，應經檢察官偵查起訴，法院不能逕行懲辦。

解釋《出版法》第六章所載罰則應經檢察官偵查起訴

民國二十三年八月十一日司法院院字第一零九九號指令浙江高等法院院長暨首席檢察官出版法第六章所載罰則，係特別刑法，應經檢察官偵查起訴。法院不能逕行罰辦。〔註136〕

1933 年 11 月 3 日司法院訓令最高法院，編輯的職務行爲應依照出版法規定處置，不得引用其它法律制裁。除非違反出版法第十九條限制，依照同法第三十五條規定，得依其它較重之法律規定處罰。

《法院制裁新聞編輯人適用法律令》（1933）民國二十二年十一月三日司法院訓令最高法院：「查報社及通訊社係根據出版法之規定手續聲請登記而成立。故新聞紙之編輯人，非因個人行動有違反普通民、刑法之規定，以及違反出版法第十九條之限制，依照同法第三十五條之規定，得依其它較重之法律規定處罰外，其餘凡有違反

〔註133〕劉哲民：《近現代出版新聞法規彙編》第 122～123 頁，學林出版社，1992 年 12 月。

〔註134〕劉哲民：《近現代出版新聞法規彙編》第 120 頁，學林出版社，1992 年 12 月。

〔註135〕劉哲民：《近現代出版新聞法規彙編》第 126 頁，學林出版社，1992 年 12 月。

〔註136〕劉哲民：《近現代出版新聞法規彙編》第 128 頁，學林出版社，1992 年 12 月。

　　出版法之處，各級法院自應依照出版法之規定處置，不得引用其它
　　法律以爲制裁。」〔註137〕

下面我們就《出版法》之罰則進行分析。

　　1930 年《出版法》罰則包括 17 條，除第 42、43 條爲說明外，從第 27 條
到 41 條均爲處罰條款。1937 年《出版法》罰則 11 條，從第 42 條到 52 條。
其中第 52 條規定了追訴權期限，不涉及處罰，我們選取第 42 至 51 條作爲研
究對象。

　　從罰則來看，1930 年和 1937 年《出版法》的處罰形式有 3 種：違反命令
性規範處以罰款，違反禁止性規範處以有期徒刑、拘役或罰款以及違反行政
處分的處罰。下面分述之。

　　違反命令性規範

　　命令性規範是以「應爲」這一行爲模式爲核心的法律規範。它要求人們
通過積極的行爲，即作出一定行爲來履行某種法律義務。法律條文表示命令
性規範時常常使用「應當……」、「必須……」等字樣。〔註138〕

　　1930 年《出版法》有 10 條在此範圍之內，它們是第七、八、十、十一條
第一項、十二、十三、十四、十五、十六、十八條，內容涉及報刊創辦登記、
變更登記、註銷登記、更正與辯駁、出版品寄送以及政治性傳單等方面。罰則
第二十七至三十四條是對違反命令規範的處罰，罰款從一百元到二百元不等。
比如出版法（1930）第七條規定報刊創辦應於首次發行期十五日前，以書面陳
明下列各款事項，呈由發行所所在地所屬省政府或隸屬於行政院之市政府，轉
內政部聲請登記。第八條規定，前條所定應聲請登記之事項有變更者，應於變
更後七日內，爲變更登記之聲請。罰則第二十七條規定：「不爲第七條或第八
條之聲請登記而發行新聞紙或雜誌者，處二百元以下之罰金。」〔註139〕

　　1937 年《出版法》只有一條即第二十條在此範圍內，內容涉及政治性傳
單印刷發行。而聲請登記、變更登記、註銷登記、更正與辯駁等內容歸在行
政處分，不在罰則之列，1937 年《出版法》與命令性規範相關的罰則較 1930
年要少。

〔註137〕劉哲民：《近現代出版新聞法規彙編》第 463 頁，學林出版社，1992 年 12 月。
〔註138〕徐永康：《法理學》第 233 頁，上海人民出版社，2003 年 9 月第一版，12 月
　　　　第二次印刷。
〔註139〕劉哲民：《近現代出版新聞法規彙編》第 108 頁，學林出版社，1992 年 12 月。

違反禁止性規範

禁止性規範是以「勿以」這一行為模式為核心的法律規範。它規定禁止人們作出一定行為，即通過不作為來履行某種法律義務。法律條文在表達禁止性規範時常採用「不得……」、「禁止……」等字樣。但有時候也省卻「不得」、「禁止」等字樣，通過行為模式與否定性法律後果的同條表達來說明禁止性規範。〔註140〕

1930 年《出版法》第十九至二十一條屬于禁止性規範，相關罰則為第三十五、三十六、四十一條。

第十九條規定：「出版品不得為下列各款之記載：一意圖破壞中國國民黨或三民主義者；二、意圖顛覆國民政府或損害中華民國利益者；三意圖破壞公共秩序者；四、妨害善良風俗者。」〔註141〕第二十條規定：「出版品不得登載禁止公開訴訟事件之辯論。」〔註142〕第二十一條規定：「戰時或遇有變亂及其它特殊必要時，得依國民政府命令之所定，禁止或限制出版品關於軍事或外交事項之登載。」〔註143〕

罰則第三十五條規定：「違反第十九條之規定者，處發行人、編輯人、著作人及印刷人一年以下有期徒刑、拘役或一千元以下之罰金。但其它法律規定有較重之處罰者，依其規定。」〔註144〕第三十六條規定：「違背第二十一條所定之禁止或限制者，處發行人、編輯人、著作人及印刷人一年以下有期徒刑、拘役或一千元以下之罰金。」〔註145〕第四十一條規定：「因新聞紙或雜誌所載事項，依第三十五條所定之處罰而其情節重大者，得禁止其新聞紙或雜誌之發行。發行人違反前項所定禁止者，處一年以下有期徒刑、拘役或千元以下之罰金。其知情而出售或散佈該項新聞紙、雜誌者，處六月以下有期徒刑、拘役或五百元以下之罰金。」〔註146〕

1937 年《出版法》第二十一至二十五條屬于禁止性規範，相關罰則為第四十三至四十六條。

〔註140〕 徐永康：《法理學》第 233 頁，上海人民出版社，2003 年 9 月第一版，12 月第二次印刷。

〔註141〕 劉哲民：《近現代出版新聞法規彙編》第 107 頁，學林出版社，1992 年 12 月。

〔註142〕 劉哲民：《近現代出版新聞法規彙編》第 107 頁，學林出版社，1992 年 12 月。

〔註143〕 劉哲民：《近現代出版新聞法規彙編》第 107 頁，學林出版社，1992 年 12 月。

〔註144〕 劉哲民：《近現代出版新聞法規彙編》第 108 頁，學林出版社，1992 年 12 月。

〔註145〕 劉哲民：《近現代出版新聞法規彙編》第 108 頁，學林出版社，1992 年 12 月。

〔註146〕 劉哲民：《近現代出版新聞法規彙編》第 109 頁，學林出版社，1992 年 12 月。

　　第二十一條規定：「出版品不得爲下列各款言論或宣傳之記載：一、意圖破壞中國國民黨或違反三民主義者；二、意圖顛覆國民政府或損害中華民國利益者；三、意圖破壞公共秩序者。」〔註147〕第二十二條規定：「出版品不得爲妨害善良風俗之記載。」〔註148〕第二十三條規定：「出版品不得登載禁止公開訴訟事件之辯論。」〔註149〕第二十四條規定：「戰時，或遇有變亂及其它特殊必要時，得依國民政府命令之所定，禁止或限制出版品關於政治、軍事、外交或地方治安事項之登載。」〔註150〕第二十五條規定：「以廣告、啓事等方式登載於出版品者，應受前四條所規定之限制。」〔註151〕

　　罰則第四十三條規定：「違反第二十一條之規定者，處發行人、編輯人著作人及印刷人一年以下有期徒刑、拘役或一千元以下罰金。但其它法律規定有較重之處罰者，依其規定。」〔註152〕第四十四條規定：「違反第二十二條或第二十三條之規定者，處編輯人或著作人拘役或三百元以下罰金。」〔註153〕第四十五條規定：「違背第二十四條所定之禁止或限制者，處發行人、編輯人、著作人及印刷人一年以下有期徒刑、拘役或一千元以下罰金。」〔註154〕第四十六條規定：「出版品爲新聞紙或雜誌時，著作人受第四十三條處罰者，以對於其事項之登載具名負責者爲限。受第四十五條處罰之著作人亦同。」〔註155〕

　　1937 年《出版法》與 1930 年《出版法》相比，妨害善良風俗和登載禁止公開訴訟事件之辯論處罰減輕，其它相同。

　　違反行政處分的處罰

　　在 1930 和 1937 年的《出版法》罰則中均有這樣一部分內容，那就是違反行政處分要收到法律處罰。法律處罰形式有罰款，也有有期徒刑、拘役或罰金。具體內容如下：

　　1930 年《出版法》行政處分從第 22 條起到第 26 條止，罰則從第 27 條起到第 43 條止。與行政處分相關的罰則有 3 條，他們是第 38～40 條，其中罰

〔註147〕劉哲民：《近現代出版新聞法規彙編》第 137 頁，學林出版社，1992 年 12 月。
〔註148〕劉哲民：《近現代出版新聞法規彙編》第 137 頁，學林出版社，1992 年 12 月。
〔註149〕劉哲民：《近現代出版新聞法規彙編》第 137 頁，學林出版社，1992 年 12 月。
〔註150〕劉哲民：《近現代出版新聞法規彙編》第 137 頁，學林出版社，1992 年 12 月。
〔註151〕劉哲民：《近現代出版新聞法規彙編》第 137 頁，學林出版社，1992 年 12 月。
〔註152〕劉哲民：《近現代出版新聞法規彙編》第 140 頁，學林出版社，1992 年 12 月。
〔註153〕劉哲民：《近現代出版新聞法規彙編》第 140 頁，學林出版社，1992 年 12 月。
〔註154〕劉哲民：《近現代出版新聞法規彙編》第 140 頁，學林出版社，1992 年 12 月。
〔註155〕劉哲民：《近現代出版新聞法規彙編》第 140 頁，學林出版社，1992 年 12 月。

則第三十八條規定:「違背第二十二條所定之停止發行命令,發行新聞紙或雜誌者,處二百元以下之罰金。」〔註156〕第三十九條規定:「發行人違背第二十三條所定之禁止者,處一年以下有期徒刑、拘役或千元以下之罰金。其知情而出售或散佈該項出版品者,處六月以下有期徒刑、拘役或五百元以下之罰金。違背第二十四條第一項所定之禁止,及知情而輸入、出售或散佈該項出版品者,准用前項規定分別處罰。」〔註157〕第四十條規定:「妨害第二十三條第一項、第二十四條第二項、第二十五條或第二十六條所定扣押處分之執行者,處六月以下有期徒刑、拘役或五百元以下之罰金。」〔註158〕

1937 年《出版法》行政處分從第 26 條起到第 41 條止,罰則從第 42 條起到第 52 條止。與違反行政處分相關的罰則有 5 條,分別是第 47～51 條,其中罰則第四十七條規定:「違背第二十六條所定之禁止發行命令發行新聞紙或雜誌者,處二百元以下罰金。」〔註159〕第四十八條規定:「妨害第二十九條所定扣押處分之執行者,處二百元以下罰金。」〔註160〕第四十九條規定:「發行人違背第二十八條第一項所定之禁止者,處一年以下有期徒刑、拘役或一千元以下罰金。其知情而出售或散佈該項出版品者,處六月以下有期徒刑、拘役或五百元以下罰金。違背第三十一條第一項所定之禁止,及知情而輸入、出售或散佈該項出版品者,准用前項規定分別處罰。」〔註161〕第五十條規定:「妨害第二十八條第一項、第三十一條第二項、第三十二條第二項、第三十三條所定扣押處分之執行者,處六個月以下有期徒刑、拘役或五百元以下罰金。」〔註162〕第五十一條規定:「發行人違背第三十二條第一項之禁止者,處一年以下有期徒刑、拘役或一千元以下罰金,其知情而出售或散佈該項新聞紙或雜誌者,處六個月以下有期徒刑、拘役或五百元以下罰金。」〔註163〕

行政處罰是行政機關、法律授權的組織對違反行政法律、法規的公民、法人或其它組織實施的制裁措施的執法。南京國民政府時期對於報刊的行政處罰形式有:警告、扣留出版物、扣押發行人或散佈人、有期停刊、永久停

〔註156〕劉哲民:《近現代出版新聞法規彙編》第 109 頁,學林出版社,1992 年 12 月。
〔註157〕劉哲民:《近現代出版新聞法規彙編》第 109 頁,學林出版社,1992 年 12 月。
〔註158〕劉哲民:《近現代出版新聞法規彙編》第 109 頁,學林出版社,1992 年 12 月。
〔註159〕劉哲民:《近現代出版新聞法規彙編》第 140 頁,學林出版社,1992 年 12 月。
〔註160〕劉哲民:《近現代出版新聞法規彙編》第 140 頁,學林出版社,1992 年 12 月。
〔註161〕劉哲民:《近現代出版新聞法規彙編》第 140 頁,學林出版社,1992 年 12 月。
〔註162〕劉哲民:《近現代出版新聞法規彙編》第 140 頁,學林出版社,1992 年 12 月。
〔註163〕劉哲民:《近現代出版新聞法規彙編》第 140 頁,學林出版社,1992 年 12 月。

刊。罰則則是實體法的一部分，是法官判案的依據。法官首先依照法律規定
的程序和制度查清案件事實，然後按照實體法的規定作出處理。從這個層面
上說，罰則內容至關重要。因爲司法是司法機關以國家強制力爲後盾實施法
律的活動。任何法律裁決一經生效，有關當事人都要受其約束，必須切實執
行，任何人都不能任意加以變更或違抗，即使是作出裁判的司法機關，非經
法定程序也不能改變法律裁決，有關當事人如拒不執行司法機關的裁決，司
法機關可依法運用國家強制力迫使其遵守和履行，以維護法律裁決的權威性
和嚴肅性。

　　但是，從兩個《出版法》的罰則中，缺少對濫用公權力的制約。

　　根據《出版法》及相關司法解釋規定，1930 年《出版法》行政處分的執
法主體是省政府或市政府（第 22、25 條規定）和內政部（第 23、24、26 條
規定），1937 年《出版法》行政處分的執法主體是內政部（第 28、31、32、
34 條）和地方主管官署（第 26、27、29、30 條），也就是我們所說的政府部
門、行政部門。罰則的執法主體是法院。

不過在 1930 年和 1937 年的《出版法》上述罰則中，我們看到，當公權力和
公民言論出版權利發生衝突時，罰則僅規定違反行政處分將處有期徒刑、拘
役或罰款，對行政處分持贊同和支持態度。而沒有對濫用公權力進行制約。《出
版法》如此規定，造成了這樣一個結果，即如果政府部門濫用權利，依照《出
版法》公民是無法獲得司法救濟。這往往使得公民發表言論批評政府或者發
表政府所不喜見的言論處於動則獲咎的位置。

第 7 章　抗日戰爭時期新聞統制政策

　　本章所說戰爭時期是指抗日戰爭時期。這一時期分為兩個階段。

　　第一階段是 1937 年 8 月 14 日至 1941 年 12 月 7 日。本文選擇國民政府發表抗戰聲明之日為戰爭第一階段研究開始時間，選擇美英對日宣戰前日為戰爭第一階段研究結束時間。這一階段中國單獨對日作戰。選擇這兩個時間的原因在於筆者認為各國政府公告是該國政府態度的正式表達，此外，政府的正式態度與其制定的法律政策有著直接關係，契合本文的研究。

　　據此，1937 年 7 月 7 日盧溝橋事變爆發，國民政府軍事委員會委員長蔣介石電令第 29 軍軍長宋哲元，應以不屈服、不擴大的方針，就地抵抗；7 月 17 日蔣介石在廬山發表談話：「盧溝橋事變的推演，是關係中國國家整個問題，此事能否結束，就是最後的境界」，「最後關頭一到，我們只有抗戰到底」；8 月 13 日，日軍突然向上海的中國守軍發動進攻，中國守軍奮起還擊，淞滬抗戰爆發；〔註1〕8 月 15 日，蔣介石下達總動員令，將全國臨戰地區劃分為五個戰區，中國進入全面抗戰階段。上述四個時間節點沒有作為研究的開始時間，而以 8 月 14 日作為研究的開始時間，因為這天國民政府發表《自衛抗戰聲明書》：「中國決不放棄領土之任何部分，遇有侵略，惟有實行天賦之自衛權以應之。」

　　第二階段為 1941 年 12 月 8 日至 1945 年 9 月 2 日，這一階段為太平洋戰爭階段。1941 年 12 月 8 日這天日本海、空軍不僅偷襲美國在太平洋的海軍基地珍珠港，轟炸威克島、關島、馬尼拉、新加坡、香港等地，而且日本天皇

〔註 1〕　中國大百科全書：《中國歷史》（縮印本）第 333 頁，中國大百科全書出版社，
　　　　　1994 年 7 月。

（裕仁）發表宣戰詔書，同日美國、英國對日本宣戰，由此太平洋戰爭爆發。太平洋戰爭結束時間有三個時間節點可供選擇，1945 年 8 月 15 日日本正式宣告無條件投降，國民政府開始代表同盟國主持中國戰區內受降工作，接受日軍投降。1945 年 9 月 2 日，日本政府在美國戰艦密蘇里號的甲板上向美國、中國、英國、蘇聯等簽署無條件投降證書。9 月 9 日日軍總司令岡村寧次在南京簽署了投降書。選擇 1945 年 9 月 2 日為截止時間，是因為這天是日本政府簽署投降書的日子，至此，第二次世界大戰宣告結束。

7.1 戰時新聞統制政策之背景

7.1.1 戰爭背景

1、戰時領導體制與機構建立，《抗戰建國綱領》頒佈

1937 年 8 月 11 日國民黨中央常會決定設立國防最高會議，由國民黨中央、國民政府及軍事委員會各部門負責人組成，決定國防大政、國防經費、國家總動員及其它重要事項。國防最高會議的設立標誌著戰時領導體制與機構建立。

1938 年 3 月，國民黨臨時全國代表大會上通過《抗戰建國綱領》，強調抗戰與建國同時並行。

《中國國民黨抗戰建國綱領》（一九三八年四月一日）〔註2〕

抗戰建國綱領是中國國民黨領導全國從事於抗戰建國之大業，欲求抗戰必勝，建國必成，固有賴於本黨同志之努力，尤須全國人民戮力同心，共同擔負。因此本黨有請求全國人民捐棄成見，破除畛域，集中意志，統一行動之必要，特於臨時全國代表大會制定外交、軍事、政治、經濟、民眾、教育各綱領，議決公佈，使全國力量得以集中團結，而實現總動員之效能。綱領如下：

甲：總 則

（一）確定三民主義暨總理遺教為一般抗戰行動及建國之最高準繩。

〔註 2〕 榮孟源主編：《中國國民黨歷次代表大會及中央全會資料》下冊，光明日報出版社，1985 年版。

（二）全國抗戰力量應在本黨及蔣委員長領導之下，集中全力，奮礪邁進。

乙：外　交

（三）本獨立自主之精神，聯合世界上同情於我之國家及民族，爲世界之和平與正義共同奮鬥。

（四）對於國際和平機構，及保障國際和平之公約，盡力維護，並充實其權威。

（五）聯合一切反對日本帝國主義侵略之勢力，制止日本侵略，樹立並保障東亞之永久和平。

（六）對於世界各國現存之友誼，當益求增進，以擴大對我之同情。

（七）否認及取消日本在中國領土內以武力造成之一切僞政治組織，及其對內對外之行爲。

丙：軍　事

（八）加緊軍隊之政治訓練，是全國官兵明瞭抗戰建國之意義，一致爲國效命。

（九）訓練全國壯丁，充實民眾武力，補充抗戰部隊；對於華僑回國效力疆場者，則按照其技能，施以特殊訓練，使之保衛祖國。

（十）指導及援助各地武裝人民，在各戰區司令長官指揮之下，與正式軍隊配合作戰，以充分發揮保衛鄉土捍禦外侮之效能，並在敵人後方發動普遍的游擊戰，以破壞及牽制敵人之兵力。

（十一）撫慰傷亡官兵，安置殘廢，並優待抗戰人員之家屬，以增高士氣而爲全國動員之鼓勵。

丁：政　治

（十二）組織國民參政機關，團結全國力量，集中全國之思慮與識見，以利國策之決定與推行。

（十三）實行以縣爲單位，改善並健全民眾之自衛組織，施以訓練，加強其能力，並加速完成地方自治條件，以鞏固抗戰中之政治的、社會的基礎，並爲憲法實施之準備。

（十四）改善各級政治機構，使之簡單化、合理化，並增高行政效率，以適合戰時需要。

（十五）整飭綱紀，責成各級官吏忠勇奮鬥，爲國犧牲，並嚴守紀律，服從命令，爲民眾倡導。其有不忠職守，貽誤抗戰者，以軍法處治。

（十六）嚴懲貪官污吏，並沒收其財產。

戊：經　濟

（十七）經濟建設應以軍事爲中心，同時注意改善人民生活。本此目的，以實行計劃經濟，獎勵海內外人民投資，擴大戰時生產。

（十八）以全力發展農村經濟，獎勵合作，調節糧食，並開墾荒地，疏通水利。

（十九）開發礦產，樹立重工業的基礎，鼓勵輕工業的經營，並發展各地之手工業。

（二十）推行戰時稅制，徹底改革財務行政。

（二十一）統制銀行業，從而調整工商業之活動。

（二十二）鞏固法幣，統制外匯，管理進出口貨，以安定金融。

（二十三）整理交通系統，舉辦水陸空聯運，增築鐵路公路，加闢航線。

（二十四）嚴禁奸商壟斷居奇，投機操縱，實施物品平價制度。

己：民眾運動

（二十五）發動全國民眾，組織農、工、商、學各職業團體，改善而充實之，使有錢者出錢，有力者出力，爲爭取民族生存之抗戰而動員。

（二十六）在抗戰期間，於不違反三民主義最高原則及法令範圍內，對於言論、出版、集會、結社當與以合法之充分保障。

（二十七）救濟戰區難民及失業民眾，施以組織及訓練，以加強抗戰力量。

（二十八）加強民眾之國家意識，使能輔助政府肅清反動，對於漢奸嚴行懲辦，並依法沒收其財產。

庚：教　育

（二十九）改訂教育及教材，推行戰時教程，注重於國民道德之修養，提高科學的研究與擴充其設備。

（三十）訓練各種專門技術人員，與以適當之分配，以應抗戰需要。

（三十一）訓練青年，俾能服務於戰區及農村。

（三十二）訓練婦女，俾能服務於社會事業，以增強抗戰力量。

《抗戰建國綱領》是國民政府在抗戰第一階段的政治綱領。綱領除前言外，分為總則、外交、軍事、政治經濟、民眾運動、教育等 7 項 32 條。其中總則規定三民主義暨總理遺教為一般抗戰行動及建國之最高準繩；全國抗戰力量應在本黨及蔣委員長領導之下，集中全力，奮礪邁進。在政治方面組織國民參政會，聽取各黨各派對國事政務的意見，以利於抗日和民主。

1939 年 1 月，國民黨五屆五中全會決定組織國防最高委員會，代替國防最高會議。國防最高委員會可以指揮國民黨中央、國民政府五院以及軍事委員會各機構，因而取代了國民政府的一切權利。國防最高委員會委員長由蔣介石擔任。

2、偽國民政府

1937 年 12 月及 1938 年 3 月，日本在淪陷區北平和南京兩地，分別組織了偽「中華民國臨時政府」和偽「中華民國維新政府」。1938 年 7 月，日本向重慶國民政府外交部亞洲司司長高宗武透露，日本擬認汪精衛為和談對手。同年 10 月，日軍攻佔廣州武漢，11 月，日本再次發出誘降聲明。於是汪精衛集團代表高宗武、梅思平與日本代表影佐槙昭、今井武夫在上海舉行秘密談判，簽訂《日華協議記錄》，議定：締結反共協定，中方承認「滿洲國」，日方於恢復和平後兩年內撤兵（內蒙古等地除外），日本享有開發中國資源的優先權等條款。1938 年 12 月 18 日汪精衛等逃離重慶，到越南河內發表降敵「豔電」。1939 年 4 月，由日本特務秘密護送返回上海，著手組織偽「中央政府」。經日本策劃，北平、南京兩地偽政權取消，於 1940 年 3 月 30 日在南京正式成立偽「中華民國國民政府」。

1940 年 7 月 24 日國民政府頒佈《非常時期維持治安緊急辦法》。

1940、7、25 非常時期維持治安緊急辦法
國府昨日公佈之原文

中央社訊，國民政府七月二十四日令：茲制定非常時期維持治安緊急辦法公佈之，此令。

非常時期維持治安緊急辦法

第一條　非常時期肅清奸宄維持治安及保衛公共秩序，適用本辦法之規定。

第二條　左列各款人犯，軍警須嚴密注意，偵查逮捕，於必要時並得以武力並其它有效方法制止之。一、懲治漢奸條例第二條各款之罪；二、危害民國緊急之最法第一條第一項各款之罪；第三，戰時軍律第七條之罪；四、陸海空軍刑法第十七條，第二十七條、第七十九條及第八十二條之罪；五、懲治盜匪暫行辦法第三條及第四條各款之罪。前項辦法對於預備或陰謀犯亦適用之；但以各該違反處罰之規定者為限。

第三條　左列各款人犯，軍警應當現場逮捕或解散，於必要時並得以武力或其它有效方法排除其抗拒：一、戰時軍律第八條之罪；二、懲治偷漏關稅暫行條例第二條及第一條各款之罪，三、非常時期農工商管理條例第三十條之罪；四、刑法第一百四十九條至一百九十六條之罪，及第一百十三條至第一百九十條之罪

第四條　對於違反本辦法所列舉之人犯，得實施所列舉之人犯，得實施左列之處分：一、搜索其身的住宅或其它處所；二、檢查扣押其郵件，電報、印刷品或其它文書及圖書；三、攜帶或收藏武器、彈藥，爆裂物，無線電機或其它供犯罪所用物品者，不管會否受有允准，扣押之。

第五條　違反本辦法所列舉人犯之同居家屬，雇用人或受雇人，有共犯嫌疑者，得並予逮捕。

第六條　藏護容留

第七條　軍本辦法之處理時，須立即該管上級，逮捕之人犯或扣押
　　　　之物品，須立即解送較近之憲兵隊，保安隊長官，警察局
　　　　長，縣長或檢察官，訊問後，分別依照情形依法辦理。

第八條　本辦法未規定之條款，而在其它法令上爲犯罪，並有擾亂
　　　　治安之，適用本辦法處理。

第九條　依照本辦法處理時，並要注意一般人民之權利，迅速恢復
　　　　秩序。

本辦法自公佈之日施行。

汪僞政府的轄區包括蘇、浙、皖等省小部分。他們收編國民黨降日部隊並收買地痞建立「和平建國軍」和特務組織。在其轄區內實行法西斯統治，撲殺抗日愛國人士，配合日本對重慶政府進行誘降，1941 年 3 月，成立清鄉委員會，集結大批僞軍夥同日軍實行反共清鄉。1941 年追隨日本參加《國際防共協定》，1943 年 1 月對英美宣戰，11 月同僞滿洲國、泰國、緬甸、菲律賓等國簽訂《大東亞共同宣言》。在言論出版自由方面，1940 年 10 月 7 日頒佈《全國重要都市新聞檢查暫行辦法》，1941 年 1 月 24 日頒佈《出版法》，25 日頒佈《出版法實施細則》，1943 年 7 月 15 日頒佈《修正全國重要都市新聞檢查暫行辦法》，規定凡含有下列性質之新聞及稿件應一律予以刪扣：關於違反和平反共建國國策破壞三民主義或其它有反動形跡者；關於違背參加大東亞戰爭方針者；關於挑撥離間企圖傾覆政府危害民國者；關於造謠惑眾希圖擾亂地方破壞金融者；關於損害中國民國利益者；關於破壞邦交者；關於泄漏政治軍事外交應受秘密者；關於妨害善良風俗者；關於破壞公共安寧秩序者；關於訴訟爭件依法尙未公開即不許登載者；其它經宣傳部通令禁止發表者。〔註 3〕1945 年 8 月 15 日抗戰勝利，日本政府宣佈無條件投降，16 日，僞國民政府宣告解散。

7.1.2 政治背景

1、訓政時期的憲政活動

（1）憲法文件的議定與頒佈。

1931 年 5 月 21 日國民會議通過《中華民國訓政時期約法》，6 月 1 日公

〔註 3〕第二歷史檔案館汪僞文化教育，全宗號二〇〇二，案卷號 498，中華民國 32
年 7 月 15 日。

佈實施。《中華民國訓政時期約法》第八十六條規定：「憲法草案當本於建國大綱及訓政與憲政兩時期之成績，由立法院議訂，隨時宣傳於民眾，以備到時採擇施行。」第八十七條規定：「全國有過半數省分達到憲政開始時期，即全省之地方自治完全成立時期，國民政府應即開國民大金，決定憲法而頒佈之。」1936 年 5 月 5 日頒佈了《中華民國憲法草案》，1946 年 12 月 25 日國民大會通過《中華民國憲法》，1947 年 1 月 1 日國民政府公佈，1947 年 12 月 25 日施行。

就言論出版自由來說，1936 年「五五憲草」有 7 條規定，它們是第 13、24、25、26、139、140、141 條。其中第十三條規定「人民有言論、著作及出版之自由，非依法律，不得限制之。」第二十四條規定「凡人民之其它自由及權利不妨害社會秩序公共利益者，均受憲法之保障，非依法律，不得限制之。」第二十五條規定「凡限制人民自由或權利之法律，以保障國家安全、避免緊急危難、維持社會秩序或增進公共利益所必要者爲限。」第二十六條規定「凡公務員違法侵害人民之自由或權利者，除依法律懲戒外，應負刑事及民事責任；被害人民就其所受損害，並得依法律向國家請求賠償。」第一三九條規定：「憲法所稱之法律，謂經立法院通過，總統公佈之法律。」第一四〇條規定：「法律與憲法牴觸者無效。法律與憲法有無牴觸，由監察院於該法律施行後六個月內，提請司法院解釋；其詳以法律定之。」第一四一條規定：「命令與憲法或法律牴觸者無效。」1947 年的《中華民國憲法》有 7 條相關憲法規定，它們是第 11、22、23、24、170、171、172 條。其中第十一條規定「人民有言論、講學、著作及出版之自由。」第二十二條規定「凡人民之其它自由及權利，不妨害社會秩序、公共利益者，均受憲法之保障。」第二十三條規定「以上各條列舉之自由權利，除爲防止妨礙他人自由，避免緊急危難，維持社會秩序，或增進公共利益所必要者外，不得以法律限制之。」第二十四條規定「凡公務員違法侵害人民之自由或權利者，除依法律受懲戒外，應負刑事及民事責任。被害人民就其所受損害，並得依法律向國家請求賠償。」第一七〇條規定：「本憲法所稱之法律，謂經立法院通過，總統公佈之法律。」第一七一條規定：「法律與憲法牴觸者無效。法律與憲法有無牴觸發生疑義時，由司法院解釋之。」第一七二條規定：「命令與憲法或法律牴觸者無效。」

《中華民國憲法》和五五憲草最大的區別有三：其一，《中華民國憲法》

對言論出版自由採取了憲法保障與憲法限制的表述，例如第 11、22、23 條。《中華民國憲法》以憲法形式從「對權利的保障、對權利的限制、對政府侵犯的限制」三個方面完整地對言論出版自由進行了保護，對濫用言論出版自由進行了限制，這是中國歷史上以前所沒有過的。其二，新增「防止妨礙他人自由」，將維護公民合法權利寫入憲法。其三，在權利的限制部分刪去「保障國家安全」一詞，一則避免了同義反覆，二是因為緊急危難可以更準確表達即刻而明顯這層含義。

（2）國民參政會活動

1938 年 3 月國民黨召開臨時全國代表大會，大會通過了《抗戰建國綱領》，決定組織國民參政機關。4 月 12 日，國民政府公佈《國民參政會組織條例》，規定國民參政會為咨詢機關，有聽取國民政府施政報告、詢問、建議之權，但所通過的決議案對國民政府並無強制執行的權力。6 月國民政府任命汪精衛為國民參政會議長，張伯苓為副議長；同時公佈 200 名參政員名單。7 月第一屆參政會在漢口召開，156 名參政員出席了會議，通過了《擁護抗戰建國綱領案》等決議案，發表了《國民參政會首次大會宣言》，並選舉了 25 人為駐會委員。

國民參政會第一次會議，鄒韜奮等人提出題為《具體規定檢查書報標準並統一執行》的建議案，此提案國民參政會作了一處修改，將「如發現該書報內容確有違反三民主義或法令之處，亦須將該項內容明白宣佈」修改為「如發現該書報內容確有違反三民主義或法令之處，亦須將該項內容通知編著人或出版機關」，大會決議通過。

具體規定檢查書報標準並統一執行案〔註4〕

參政員鄒韜奮等 27 人提（理由）抗戰建國綱領規定「在抗戰期間於不違反三民主義最高原則及法令範圍內，對於言論出版集會結社，當予以合法之充分保障」，推其原意，一切書報刊物，只須有利於抗戰建國，不違反三民主義，則其出版發行，必能得到當局的保障，檢查書報的目的積極方面，而在鼓勵有利於抗戰建國的言論，消極方面在遏制有害於國家民族的思想，而其中心原則，仍需不違反抗戰建國綱領對於保障言論的規定。但在事實上，因為沒有具體

〔註 4〕第二歷史檔案館行政院，全宗號 2（2）案卷號 1916。

標準的規定與公佈，沒有統一執行的機關，以致各地各自為政，流弊百出，這種現象不但有礙於抗戰文化的發揚光大，而且有悖於政府積極領導的精神，實有迅速改善以利文化事業的必要。現擬辦法如後，是否有當，敬希公決。

辦法：

1、由政府根據抗戰建國綱領第 26 條保障言論的原則，規定檢查書報的具體標準，並公開宣佈，俾眾週知，使著作家與出版家有所準繩，而一般讀者亦知有所取捨，各地方政府對於書報的檢查，亦須依照中央所公佈的具體標準，切實執行。

2、檢查書報必須有統一負責的執行機關，俾免政出多門，流弊繁多。

3、對查禁的書報，須將理由通知，使著作家及出版家知所改善，且並准許編輯人或出版機關向統一負責的檢查機關提出解釋或申訴，由該機關重加考慮，決定最後的辦法。如發現該書報內容確有違反三民主義或法令之處，亦須將該項內容明白宣佈。

　　提議者　鄒韜奮

　　　　　　　聯署者　沈鈞儒、黃炎培、羅隆基等

國民參政會決議案文：

本案經大會決議如左：

一、原頒發第（三）項之末句「明白宣佈」四字刪去，修正為「必須將該項內容通知編著人或出版機關」。

二、餘照原文通過。

9 月 3 日國防最高會議秘書處給行政院、中央執行委員會秘書處、軍事委員會函中稱，國防最高會議常務委員第 95 次會議決議由中央黨部積極推進改善，由各地辦理檢查機關，明定統系。

　　遙密啟者：國民參政會第一天大會建議，請具體規定檢查書報標準，並統一執行一案，經陳奉國防最高會議常務委員第 95 次會議決議：「查書報檢查辦法及標準，也已具有成規，最近中央黨部正在積極推進改善，各地辦理檢查機關，尚有須明訂統系之處，自應即予籌劃，本案由中央黨部軍事委員會行政院轉飭所屬主管機關會商

辦理，並將辦理情形於十月一日以前報告」。除函中央執行委員會秘書處及軍事委員會外，相應錄案，並檢附原建議案印件函達，即希查照辦理爲荷。此之行政院

　　　附原建議案印件一份

國防最高會議秘書處
9 月 3 日

經內政部與宣傳部會商，9 月 28 日回覆如下：關於個例辦理書報檢查機關從中央到地方均有一貫系統，無須再興明定統系。

　　　　經密令內政部會商宣傳部及政治部辦理舉報在案，茲據內政部
　　　呈覆與宣傳部會商結果，關於各地辦理書報檢查機關以爲現時由中
　　　央至地方均有一貫系統，其意似無須再興明定統系，察核所議，尚
　　　無不合，擬函覆國防最高會議秘書處查照轉陳，當否祈核示

　　　附原卷一宗

9 月 28 日

國民參政會 1938 年 7 月提出議案，9 月 28 日政府給出否定回覆。這一議案最終還是沒有被採納。

2、聯共與反共

共產黨和國民黨的關係源遠流長。1922～1927 年間國共兩黨進行了第一次合作。

1922 年 8 月 28～30 日共產國際代表馬林（H.Maring，又名 Sneevliet）與中共領導人集中到杭州西湖，舉行秘密會議，討論與國民黨合作問題。儘管與會者中仍有對以個人身份加入國民黨一點持有異議，但當馬林提出「中國黨是否服從國際決議」，「於是中共中央爲尊重國際紀律遂不得不接受國際提議」，再「沒有遇到激烈反對」。「參加討論的執委會委員們一致認爲，通過積極參加這個民族主義運動可以爲我們的工作創造最有利的條件。」〔註5〕

在說服中共中央之後，馬林相繼與張繼和孫中山等再度討論，孫中山很痛快表示願意親自接納陳獨秀、李大釗、張太雷等人入黨。在孫中山委託張繼等與在滬各負責人商議，並通電國民黨相關支部後，國共兩黨終於就中共黨員加入國民黨問題達成協議。

〔註 5〕 楊奎松：《國民黨聯共與反共》，社會科學文獻出版社，2008 年，第 7 頁。

　　1922 年 9 月初，國共兩黨就中共黨員加入國民黨問題達成協議。經張繼介紹，孫中山親自主盟，陳獨秀，李大釗等先後正式加入國民黨。〔註6〕隨後，根據與馬林商定的改組國民黨的計劃，孫中山很快指定陳獨秀爲國民黨改進方略起草委員會九委員之一，參與國民黨的改組工作。孫同時還任命與吳佩孚來往較多的李大釗，和張繼一起擔任同吳聯絡的代表。當李大釗等向孫說明自己不能退出共產黨時，孫明確表示說：「這不要緊，你儘管一面作第三國際黨員，一面加入本黨幫助我。」〔註7〕

　　1923 年 1 月 1 日《中國國民黨宣言》及《中國國民黨黨綱》公開發表，其中扼要地闡述了國民黨的政治理念和革命目標，明確提出：國民黨是以謀求實現民族平等、民權平等和民生平等的三民主義爲目標的革命政黨。〔註8〕這是中國國民黨自 1919 年由中華革命黨改組以來，第一次公開具體說明自己的奮鬥目標。孫中山的民族主義只注重改正條約，民權主義只追求人民直接權力的行使，民生主義只強調限制私營經濟之規模。〔註9〕想要建立一個獨立的主權國家，努力創造一個比西方在政治上和經濟上更公平一些的改良社會。他與共產黨人的共同點，主要在於他們當前所面臨的主要敵人和決心用激烈革命的方式取得政權的觀念是相同的；而他們之間的最大區別在於，孫中山沒有特定的依靠對象，因此也不存在固定的敵人，一切取決於人們是否贊成和接受他的政治主張。共產黨人卻堅持以階級畫線，相信社會上存在著壓迫與被壓迫、有產與無產等相互對立的不同階級，並在革命中實行眞正反映被壓迫階級和無產階級的政策，堅決與壓迫階級和有產階級爲敵。從共產黨人的角度出發，當然不會接受孫中山和國民黨的政策主張。恰恰相反，在理論上以及內心深處，共產黨人充其量不過把孫中山和國民黨看成是俄國二月革命的領袖及其資產階級、小資產階級政黨，相信或遲或早，都必須發動十月革命，造成自己的政權。因爲共產黨人堅信自己是當今世界最先進的階級的代表，是人類的未來命運的主宰，最具遠見卓識且最能反映全體人民利益，因而具有強烈的階級優越感和政治使命感。由此不難想像，共產黨人加入國民黨，除了民主革命的綱領基本相同一點以外，最主要的還是基於實力

〔註6〕 楊奎松：《國民黨聯共與反共》，社會科學文獻出版社，2008 年，第 7 頁。
〔註7〕 楊奎松：《國民黨聯共與反共》，社會科學文獻出版社，2008 年，第 12 頁。
〔註8〕 《孫中山全集》第七卷，第 1～5 頁。
〔註9〕 《中國國民黨宣言》1923 年 1 月 1 日，見《孫中山全集》第七卷，第 1～5
　　　 頁。

原則的策略考量，是爲了便於推進革命和自身力量的發展壯大。建立在這樣一種基礎上的共產黨和孫中山的關係，自然會存在矛盾甚至衝突。〔註10〕

　　1926年3月20日廣州中山艦事件，國共關係遭受劇變。5月15日國民黨召開了二屆二中全會，通過了「整理黨務案」，開始嚴格限制共產黨在國民黨中的地位和權力，不過還沒有走到排斥和反對共產黨的地步。提案認爲：改善兩黨關係，糾正跨黨黨員之軌外行動及言論，保障國民黨黨綱黨章的統一權威，已經刻不容緩。而對蔣介石所提整理黨務案，包括「共產黨應訓令其黨員，改善對國民黨之言論態度，尤其對於總理三民主義，不許加以懷疑和批評」；「共產黨應將國民黨內之共產黨員，全部名冊交國民黨中央執行委員會主席保管」；「中央黨部部長須不跨黨者方得充任」；「凡屬於國民黨籍者，不許在黨的許可以外，有任何以國民黨名義召集之黨務集會」；「凡屬於國民黨籍者，非得有最高黨部之命令，不得別有組織及行動」；「中國共產黨及第三國際對於國民黨內共產分子所發之一切訓令及策略，應先交聯席會議通過」；「國民黨員未受准許脫離黨籍以前，不得入其它黨籍，如既脫離黨籍而入共產黨者，以後不得再入國民黨」等各項規定，共產黨員也沒有提出任何顛覆性的意見。其建議的修改，多半只是文字上的修飾，即把太過批評跨黨黨員的條文修改得比較含蓄一點，和要求增加個別有利於保持平衡的條文而已。〔註11〕

　　1926年國民黨二屆二中全會過後，國民黨中央執行委員會即通過「迅速出師北伐」等提案。北伐既經提出，蔣介石立即提出黨政軍民財政等各項權力的集中統一與在後方實行總司令領導下的獨裁體制的問題，尤其是注意到共產黨領導和影響下的民眾組織可能在後方造成麻煩，蔣介石明確要求在軍政期間，應當規定一切團體的言論、宣傳品都必須接受總司令部政治部的檢查和監督，一切團體的組織言論，「都不准他們自由」。包括「階級鬥爭及工農運動的罷工事件，在戰時是破壞敵人的力量和方法，用來對付敵人是很好的；若是在本黨和政府之下，戰時隨便罷工，就要算是反革命的行動。」因此，「在軍事期間，所有工農團體，都應集中於革命勢力之下，決不能隨便自由的罷工。」〔註12〕據此，7月7日，在蔣介石以北伐總司令的名義於1日下

〔註10〕楊奎松：《國民黨聯共與反共》，社會科學文獻出版社，2008年，第12頁。
〔註11〕楊奎松：《國民黨聯共與反共》，社會科學文獻出版社，2008年，第137頁。
〔註12〕蔣介石：《總司令部政治部戰時工作會議訓話》（1926年6月23日），《蔣介石言論集》第二集，第495頁。

達了北伐部隊總動員令後，國民黨中央政治委員會即公佈了《國民革命軍總司令部組織大綱》，規定總司令統轄國民政府屬下所有海陸空軍，對國民政府與國民黨在軍事方面負完全責任；戰時狀態中中國國民政府所屬軍民財政各部機關，均受總司令節制。〔註13〕1927 年國民黨在南京建立中華民國國民政府。4 月開始清黨運動，一直持續到 9 月，歷時半年左右時間。第一次國共合作結束。

1937～1945 年國共兩黨進行了第二次合作。

1937 年 9 月 22 日，國民黨同意公開發表中國共產黨的宣言。10 月 2 日《解放》周刊第 18 期發表了這份宣言。中共在宣言中宣稱：

　　（一）孫中山先生的三民主義為中國今日之必需，本黨願為其徹底的實現而奮鬥。

　　（二）取消一切推翻國民黨政權的暴動政策及赤化運動，停止以暴力沒收地主土地的政策。

　　（三）取消現在的蘇維埃政府，實行民權政治，以期全國政權之統一。

　　（四）取消紅軍名義及番號，改編為國民革命軍，受國民政府軍事委員會之統轄，並待命出動，擔任抗日戰線之職責。〔註14〕

次日，蔣介石也公開發表談話承認共產黨的存在，並表示願意不計前嫌。談話稱：

　　余以為吾人革命，所爭者不在個人之之意氣與私見，而為三民主義之實行。在存亡危急之秋，更不應計較過去之一切，而當使全國國民徹底更始，力謀團結，以共保國家之生命與生存……。對於國內任何黨派，只要誠意救國，願在國民革命抗敵禦辱之旗幟下共同奮鬥者，政府自無不開誠接納，咸使集中於本黨領導之下，而一致努力。中國共產黨人既捐棄成見，確認國家獨立與民族利益之重要，吾人唯望其真誠一致，實踐其宣言所舉之諸點，更望其在禦辱救亡統一指揮之下，以貢獻能力於國家，與全國同胞一致奮鬥，以完成革命之使命。總之，中國立國原則為總理創制之三民主義，此

〔註13〕 楊奎松：《國民黨聯共與反共》，社會科學文獻出版社，2008 年，第 145 頁。
〔註14〕 《解放》（周刊）第 18 期，1937 年 10 月 2 日。

爲無可動搖，無可移易者。中國民族既已一致覺醒，絕對團結，自
必堅守不偏不倚之國策，集整個民族力量，自衛自助，以抵暴敵，
挽救危亡。〔註15〕

中共宣言的發表及蔣介石公開發表談話承認接納共產黨，國共兩黨第二次聯
手，建立統一戰線。雖然國共兩黨第二次攜手，但雙方都對對方高度戒備與
防範。這種戒備與防範表現在軍事和政治兩個方面，兩者之間既有鬥爭又有
妥協，主要有軍事合作政治防範和軍事從嚴政治從寬兩種表現形式：

軍事合作與政治防範。

1937 年日本發動了「七七事變」，大舉入侵，蔣介石因爲華北抗戰前線的
現實需要，不得不允許共產黨人繼續指揮自己的軍隊。但在政治上並未放鬆
戒備。1938 年 4 月 23 日，國民政府軍事委員會武漢行營，連同湖北省政府、
國民黨湖北省黨委等，就密令各黨政軍機關嚴密監視中共領導下的，在武漢
地區十分活躍的抗日民眾團體「螞蟻社」、青年救國團、戰時鄉村工作促進會
等，強調凡未經省黨部省政府准予備案登記之團體，一律不准活動，同時並
特別下令查禁中共宣傳品及其近似書刊 42 種。〔註16〕

1938 年，國民黨第七十九次中常會通過嚴屬取締異己政治團體及其分子
的決議，國民黨各地黨部隊防範和壓制各地共產黨及其外圍組織，多數採取
了更加堅決的態度，各地都相繼出現了解散救亡團體，封閉機關、沒收各種
激進書報，逮捕民眾運動領導人的事件。〔註17〕

1938 年共產黨人在《新華日報》上批評國民黨，歷數各地兩黨摩擦，共
產黨人備受摧殘的情況，要求國民黨懲辦兇手，賠償損失，禁止亂捕亂殺，
頒佈保障救亡團體的法令。就其原因，共產黨人認爲：「這些現象的發生，當
然主要的原因是由於地方政治的黑暗」，國民黨中央的問題只是「缺乏採取堅
持實現自己的法令和綱領的步驟和具體方案」。〔註18〕

軍事從嚴與政治從寬。

1937 年 8 月八路軍改編，隨即出發至華北抗日前線，三個師出發時的確

〔註15〕　《中共中央抗日民族統一戰線文件選編》（下），第 823～824 頁。
〔註16〕　湖北省檔案館藏，LS3／1／261／8～14。見楊奎松：《國民黨聯共與反共》，
　　　　　社會科學文獻出版社，2008 年，第 401 頁。
〔註17〕　參見《周恩來選集》上卷，第 219 頁，見楊奎松：《國民黨聯共與反共》，社
　　　　　會科學文獻出版社，2008 年，第 402 頁。
〔註18〕　見 1938 年 6 月 9 日《新華日報》。

實人數約為 3.4 萬人，9、10 月間因行軍作戰等原因出現了減員。10 月以後開始擴兵發展，經過兩個月左右的時間，到 12 月底已經擴軍 9.2 萬人，還發展了游擊隊 2.5 萬人。1938 年底，八路軍進一步擴展到了 16 萬人〔註19〕。在此期間，八路軍由陝北一隅之地，按照蔣介石命令加入閻錫山第二戰區，進入山西地區參加對日作戰。後山西大部淪陷，八路軍遂留在敵後農村建立根據地，立穩腳跟後即開始分兵跨出戰區，以游擊方式進至河北、綏遠、隨後更進入山洞敵後農村，建立根據地，並準備著手向華中敵後根據地區發展。由於它完全針對敵後空虛的情況自由運動，不受戰區約束，不受進入省份原省府的管轄，自行組建諸如冀中、冀南行政公署和晉察冀邊區政府等名義上屬於中央政府、實際上獨立自主的地方政權，發動民眾，建立民眾武裝，因為很快在華北敵後取代了國民黨的地位，成為除了日本佔領軍以外最具影響的力量。中共軍事力量據有地區一年增加數倍，這不能不引起蔣介石和國民黨的高度緊張。為阻止八路軍進一步擴張，蔣介石曾下令不許部隊跨越戰區，並特別選派在河北有相當人望的鹿鍾麟擔任省主席，設法逼八路軍退出河北，歸還第二戰區。西安行營更召集陝甘寧邊區國民黨委任的縣長聯席會議，要求他們大膽組織保安隊並行使權力。

如此種種造成許多摩擦，雙方控告對方蓄意摩擦的報告和電報明顯增多。國民黨中央執行委員會以及國民政府行政院均不斷提醒和責令各級政府嚴密注意和防範共產黨，並要求各地不惜依據「抗戰建國綱領」和「戰時民眾團體整理辦法」，「取締共黨非法活動，並對業經整理之社會團體嚴密監督領導，以免行動越軌，或被共黨滲入煽惑。」〔註20〕

1940 年秋國共兩黨關於劃界問題談判陷於僵局，10 月 19 日國民黨內強硬派參謀總長何應欽及副總長白崇禧聯名向中共發出最後通牒，限期一月，要求黃河以北的八路軍和新四軍全部按照 7 月 16 日「中央提示案」的規定，開赴舊黃河以北。八路軍總司令朱德等 11 月 9 日發電，只同意將長江以南之新四軍部隊移到江北。軍令部隨即迅速在何白示意下擬呈《剿滅黃河以南匪軍作戰計劃》，於 11 月 14 日上報蔣介石，要求批准執行。1941 年 1 月 6 日皖

〔註19〕《任弼時關於八路軍情況的報告》（1938 年 2 月 18 日）；並見張廷貴、袁偉、陳浩良合著：《中共抗日部隊發展史略》第 503 頁，解放軍出版社，1990 年。見楊奎松：《國民黨聯共與反共》，社會科學文獻出版社，2008 年，第 407 頁。
〔註20〕楊奎松：《國民黨聯共與反共》，社會科學文獻出版社，2008 年，第 407 頁。

南事變爆發，14 日戰鬥結束，整個新四軍軍部有 7000 餘人或戰死或被俘。

1941 年 1 月 18 日，《中央日報》發表撤銷新四軍番號令的當天，周恩來不顧國民黨的新聞封鎖，通過《新華日報》刊出「千古奇冤，江南一葉，同室操戈，相煎何急」的抗議題詞。這一針鋒相對的大膽舉動，對國民黨中一些人刺激頗大，他們強烈要求立即查封該報。白崇禧專門為此事打電話給劉為章。要其轉呈蔣，堅決封閉《新華日報》和八路軍辦事處。商震亦專門上書蔣介石，要求給《新華日報》停刊五至七天的嚴厲處分。據此，憲兵隊抓去了新華日報營業部主任。可是，蔣介石並沒有批覆白崇禧和商震的呈文，而且下令特別機關一律不准以武力進入新華日報。在周恩來跑去向張沖大吵要求放人後，蔣還做起了和事佬，聲稱：「對於共黨，在軍事方面須嚴，政治方面不妨從寬。」〔註 21〕結果，不僅《新華日報》的營業部主任第二天即被放出，《新華日報》也照出不誤。

皖南事變前，國共兩黨縱有摩擦衝突，仍屬局部問題；皖南事變中，雙方劍拔弩張之程度、離全面破裂以至發生大規模內戰，實僅一步之遙。事變最後雖然不了了之，但兩黨關係發生重大變化。一方面，蔣介石下令解散了新四軍，而共產黨則我行我素，繼續高揚新四軍旗號，充分顯示八路軍、新四軍已經徹底獨立於國民政府的指揮系統。一方面，國民政府不再為陝甘寧邊區政府和八路軍新四軍提供經費，促使共產黨另立銀行、發行邊幣、自行收稅，再不與重慶發生請示彙報關係，在政治上全然脫離了國民政府的統轄。〔註 22〕

7.1.3 法律背景

1、1934 年《戒嚴法》

1934 年 11 月 29 日國民政府頒布施行《戒嚴法》，1948 年 5 月 19 日，國民政府對《戒嚴法》進行了修正並公布施行，1949 年 1 月 14 日，又以總統令修正了第 8 條條文。這部《戒嚴法》頒佈後一直到 20 世紀末還在臺灣省實施〔註 23〕。戒嚴法施行於國家動亂之時，屬於非常時期的法律，它的頒佈意味著在戒嚴權限範圍內的事務可以不受平常法律約束的。

〔註 21〕　《困勉記》1941 年 1 月 20 日條。見楊奎松：《國民黨聯共與反共》，社會科學文獻出版社，2008 年，第 450 頁。
〔註 22〕　楊奎松：《國民黨聯共與反共》，社會科學文獻出版社，2008 年，第 424 頁。
〔註 23〕　莫紀宏、徐高著：《戒嚴法律制度概要》，法律出版社，1996 年 6 月版。

　　1934 年《戒嚴法》規定了戒嚴的實施條件、發佈機關、發佈程序和戒嚴機關的權限等內容，突出了立法機關在戒嚴期間的權力，規定遇有戰爭，對於全國或某一地域，應施行戒嚴時，國民政府經立法院之議決，得宣告戒嚴，或使宣告之。

　　《戒嚴法》還規定軍事機關在戒嚴時期握有司法審判權。凡戒嚴時期警戒地域內的地方行政官和司法官處理有關軍事事務，應受該地最高司令官指揮，接戰地域內關於刑法規定的內亂罪、外患罪、妨害秩序罪、公共危險罪等類罪，軍事機關可自行審判或交法院審判，接戰地域內無法院或與其管轄的法院交通斷絕時，刑事和民事案件均得由該地軍事機關審判。

　　就新聞出版而言，「戒嚴地域內最高司令官有停止集會、結社及遊行、請願，並取締言論、講學、新聞雜誌、圖書、告白、標語及其它出版物之認爲與軍事有妨礙者。」

戒嚴法

第一條　（宣告戒嚴之程序）

　　戰爭或叛亂發生，對於全國或某一地域應施行戒煙時，總統得經行政院會議之議決，立法院之通過，依本法宣告戒嚴或使宣告之。

　　總統於情事緊急時，得經行政院之呈請，依本法宣告戒嚴或宣告之。但應於一個月內提交立法院追認，在立法院休會期間，應於復會時提交追認。

第二條　（戒嚴地域之種類）

　　戒嚴地域分爲二種：

　　一、警戒地域：指戰爭或叛亂發生時受戰爭影響警戒之地域。

　　二、接戰地域：指作戰時攻守之地域。

　　警戒地域或接站地域，應於時機必要時區劃布告之。

第三條　（宣告臨時戒嚴之程序）

　　戰爭或叛亂發生之際，某一地域猝受敵匪之攻圍或應付非常事變時，該地陸海空軍最高司令官，得依本法宣告臨時戒嚴；如該地無最高司令官，得由陸海空軍分駐團長以上之部隊長，依本法宣告戒嚴。

　　前項臨時戒嚴之宣告，應由該地最高司令官或陸海空軍分駐團長以上部隊長，迅速按級呈請提交立法院追認。

第四條　（戒嚴情況之呈報）

　　宣告戒煙時，該地最高司令官應將戒嚴之情況及一切處置，隨時迅速按級呈報總統。

第五條　（戒嚴地域之變更）

　　宣告戒嚴之地域，應時機之必要，得變更之。

　　第三條第二項及第四條規定，於戒嚴地域之變更准用之。

第六條　（軍事指揮權之擴大）

　　戒嚴時期，警戒地域內地方行政官及司法官處理有關軍事之十五，應受該地最高司令官之指揮。

第七條　（行政權、司法權之移歸）

　　戒嚴時期，接戰地域內地方行政事務及司法事務，移歸該地最高司令官掌管，其地方行政官及司法官應受該地最高司令官之指揮。

第八條　（軍事審判權之擴大）

　　戒嚴時期，接戰地域內關於刑法上左列各罪，軍事機關得自行審判或交法院審判之：

　　a）內亂罪。

　　b）外患罪

　　c）妨害秩序罪

　　d）公共危險罪

　　e）偽造貨幣有價證券及文書印文各罪。

　　f）殺人罪

　　g）妨害自由罪

　　h）搶奪、強盜及海盜罪

　　i）恐嚇及擄人勒贖罪

　　j）毀棄損壞罪

犯前項以外之其它特別刑法之罪者亦同。

　　戒嚴時期，戒嚴地域內犯本條第一項第一、二、三、四、五、六、七、八、九等款及第二項之罪者，軍事機關得自行審判或交法院審判之。

第九條　（軍事審判權之擴大）

　　戒嚴時期，接戰地域內無法院或其管轄法院交通斷絕時，其刑事及民事案件均得由該地軍事機關審判之。

第十條　（解嚴後之上訴）

　　第八條、第九條之判決，均得依解嚴之翌日起，依法上訴。

第十一條　（戒嚴地域最高司令官之職權）

　　戒嚴地域內最高司令官有執行左列事項之權：

　　一、得停止集會、結社及遊行、請願、并取締言論、講學、新聞雜誌、圖書、告白、標語及其它出版物之認爲與軍事有妨害者。上述集會、結社及遊行、請願，必要時並得解散之。

　　二、得限制或禁止人民之宗教活動有礙治安者。

　　三、對於人民罷市、罷工、罷課及其它罷業，得禁止及強制其恢復原狀。

　　四、得拆閱郵信、電報，必要時並得扣留或沒收之。

　　五、得檢查出入境內之船舶、車輛、航空機及其它通信交通工具，必要時得停止其交通，並得遮斷其主要道路及航線。

　　六、得檢查旅客之認爲有嫌疑者。

　　七、因時機之必要，得檢查私有槍炮、彈藥、兵器、火具及其它危險物品，並得扣留或沒收之。

　　八、戒嚴地域內，對於建築物、船舶及認爲情形可疑之住宅，得施行檢查。但不得故意損壞。

　　九、寄居戒嚴地域內者，必要時得命其退出，並得對其遷入限制或禁止。

　　十、因戒嚴上不得已時，得破壞人民之不動產。但應酌量補償之。

　　十一、在戒嚴地域內，民間之食糧、物品及資源可供軍用者，得施行檢查及調查登記，必要時得禁止其運出，其必須沒收者，應給予相當價額。

第十二條　（解嚴之程序及效力）

　　戒嚴之情況終止或經立法院決議移請總統解嚴，自解嚴之日起，一律恢復原狀。

第十三條　（施行日）

　　本法自公佈日施行。

2、修正危害民國緊急治罪法

1937 年 9 月 4 日國民政府頒佈《修正危害民國緊急治罪法》，共 11 條，其中第一條第九款規定：以文字圖畫或演說，爲利於敵國或叛徒之宣傳者，處死刑。第四條規定：於對外戰爭時，雖非以危害民國爲目的，而以文字圖畫或演說，爲足以有利於敵國之宣傳者，處三年以下有期徒刑。第五條規定：於對外戰爭時，傳播不實之消息，足以擾亂治安或搖動人心者，處一年以下有期徒刑或拘役。第六條規定：於對外戰爭時，未得政府允許，而與敵國人民通信者，處一年以下有期徒刑或拘役。以上各罪，均由該區域最高軍事機關審判，經該管上級軍事機關核准後執行。

3、《國家總動員法》頒佈

1942 年 3 月 29 日國民政府頒佈了《國家總動員法》，同年 5 月 5 日施行。這是國民政府在抗戰第二階段的行動綱領。國家動員法可以說是非常時期法律體系中最爲重要的法律，是依據憲法中的國家動員條款制定的。「動員者，謂國家於戰事發生或行將發生時，由政府下達動員令，將全國一切人的物的資源，及全部有形無形的潛力，加以嚴密的組織與合理的統制，並將國家平時之態勢，轉爲戰時態勢，使能充分發揮戰力，俾克敵致勝，而確保國家民族之生存也」。《國家總動員法》規定國民政府在認爲必要時，可對人民的言論、出版、著作等自由加以限制，對報館、通訊社之設立，報紙、通訊稿及其它印刷物的記載加以限制、停止或命其爲一定之記載。

國家總動員法（中華民國 31 年 3 月 29 日）

第一條　國民政府於戰時，爲集中運用全國之人力、物力，加強國
　　　　防力量，貫徹抗戰目的，制定國家總動員法。

第二條　本法所稱政府，係指國民政府及其所屬之行政機關而言。

第三條　本法稱國家總動員物資，係指左列各款而言：

　　一、兵器、彈藥及其它軍用器材。

　　二、糧食、飼料及被服品料。

　　三、藥品、醫藥器材及其它衛生材料。

　　四、船舶、車馬及其它運輸器材。

五、土木建築器材。

六、電力與燃料。

七、通信器材。

八、前列各款器材之生產、修理、支配、供給及保存上所需之原料與機器。

九、其它經政府臨時指定之物資。

第四條　本法稱國家總動員業務，係指左列各款而言：

一、關於國家總動員物資之生產、修理、支配、供給、輸出、輸入、保管及必要之試驗、研就業務。

二、關於民生日用品之專賣業務。

三、關於金融業務。

四、關於運輸、通訊業務。

五、關於衛生及傷兵、難民救護業務。

六、關於情報業務。

七、關於婦孺、老弱及有必要者之遷移及救濟業務。

八、關於工事構築業務。

九、關於教育、訓練與宣傳業務。

十、關於徵購及搶先購運之業務。

十一、關於維持後方秩序並保護交通機關及防空業務。

十二、其它經政府臨時指定的業務。

第五條　本法實施後，政府於必要時，得對國家總動員物資徵購或徵用其一部或全部。

第六條　本法實施後，政府於必要時，得對國家總動員物資之生產、販賣或輸入者，命其儲存該項物資之一定數量，在一定時間，非呈准主管機關，不得自由處分。

第七條　本法實施後，政府於必要時，得對國家總動員物資之生產、販賣、使用、修理、儲藏、消費、遷移或轉讓，加以指導、管理、節制或禁止。前項指導、管理、節制或禁止，必要時得適用於國家總動員物資以外之民生日用品。

第八條　本法實施後，政府於必要時，得對國家總動員物資及民生日用品之交易價格、數量加以管制。

第九條　本法實施後，政府於必要時，在不妨礙兵役法之範圍內，
　　　　得使人民及其它團體從事於協助政府或公共團體所辦理之
　　　　國家總動員業務。

第十條　政府徵用人民從事於國家總動員業務時，應按其年齡、性
　　　　別、體質、學識、技能、經驗及其原有之職業等為適當之
　　　　支配。

第十一條　本法實施後，政府於必要時，得對從業者之就職、退職、
　　　　受雇、解雇及其薪俸、工資加以限制或調整。

第十二條　本法實施後，政府於必要時，得對機關、團體、公司、行
　　　　號之員工及私人雇用工役之數額加以限制。

第十三條　本法實施後，政府於必要時，得命人民向主管機關報告其
　　　　所雇用或使用之人之職務與能力，並得施以檢查。

第十四條　本法實施後，政府於必要時，得以命令預防或解決勞資糾
　　　　紛，並得於封鎖工廠、罷工、怠工及其它足以妨礙生產之
　　　　行為嚴行禁止。

第十五條　本法實施後，政府於必要時，得對耕地之分配，耕作力之
　　　　支配及地主與佃農之關係，加以釐定，並限期墾殖荒地。

第十六條　本法實施後，政府於必要時，得對貨幣流通與匯兌之區域
　　　　及人民債權之行使，債務之履行，加以限制。

第十七條　本法實施後，政府於必要時，得對銀行、信託公司、保險
　　　　公司及其它行號資金之運用，加以管制。

第十八條　本法實施後，政府於必要時，得對銀行、公司、工廠及其
　　　　它團體、行號之設立、合併、增加資本、變更目的、募集
　　　　債款、分配紅利、履行債務及其資金運用，加以限制。

第十九條　本法實施後，政府於必要時，得獎勵、限制或禁止某種貨
　　　　物之出口或進口，並得增徵或減免進出口稅。

第二十條　本法實施後，政府於必要時，得對國家總動員物資之運費、
　　　　保管費、保險費、修理費或租費，加以限制。

第二十一條　本法實施後，政府於必要時，得對人民之新發明專利品或
　　　　　　其事業所獨有之方法、圖案、模型、設備，命其報告試驗，
　　　　　　並使用之。關於前項之使用，並得命原事業主供給熟練技
　　　　　　術之員工。

第二十二條　本法實施後，政府於必要時，得對報館及通訊社之設立、
　　　　　　報紙、通訊稿及其它印刷物之記載，加以限制、停止，或
　　　　　　命其為一定之記載。

第二十三條　本法實施後，政府於必要時，得對人民之言論、出版、著
　　　　　　作、通訊、集會、結社，加以限制。

第二十四條　本法實施後，政府於必要時，得對人民之土地、住宅或其
　　　　　　它建築物，徵用或改造之。

第二十五條　本法實施後，政府於必要時，得對經營國家總動員物資或
　　　　　　從事國家總動員業務者，命其擬訂關於本業內之總動員計
　　　　　　劃，並舉行必要之演習。

第二十六條　本法實施後，政府於必要時，得對從事國家總動員物資之
　　　　　　生產或修理者，命其舉行必要之試驗與研究或停止改變原
　　　　　　有企業，從事指定物資之生產或修理。

第二十七條　本法實施後，政府於必要時，得對經營同類之國家總動員
　　　　　　物資或從事同類之國家總動員業務者，命其組織同業公會
　　　　　　或其它職業團體，或命其加入固有之同業公會或其它職業
　　　　　　團體。前項同業公會或職業團體，主管機關應隨時監督，
　　　　　　並得加以整理、改進。

第二十八條　本法實施後，政府對於人民因國家總動員所受之損失，得予
　　　　　　以相當之賠償或救濟，並得設置賠償委員會。本法實施停止
　　　　　　時，原有業主或權利人及其繼承人對原有權利有收回之權。

第二十九條　本法實施時，應設置綜理推動機關；其組織另以法律定之
　　　　　　。關於國家總動員物資及業務，仍由各主管機關管理執行。

第三十條　　本法實施時，前條綜理推動機關，為加強國家總動員之效
　　　　　　率起見，得呈請將有關各執行機關之組織、經費、權限加
　　　　　　以變更或調整。

第三十一條　本法實施後，政府對於違反或妨害國家總動員之法令或業
　　　　　　務者，得加以懲罰。前項懲罰以法律定之。

第三十二條　本法之公佈實施與停止，由國民政府以命令行之。

7.2 戰時新聞統制政策的內容

7.2.1 抗日戰爭第一階段的戰時新聞統制政策

　　1937 年 8 月 14 日至 1941 年 12 月 7 日是中國獨立抗日時期。這一階段國
民政府在出版方面依舊註冊出版但新報暫緩辦理，加強了登記管理；在言論
方面加強了事前審查。

　　1、註冊出版但新報暫緩辦理

　　1938 年 9 月 22 日第 5 屆中央常委會第 94 次會議通過《抗戰時期報社通
訊社申請登記及變更登記暫行辦法》，辦法規定有四：其中第一、三、四條加
強了登記管理，第一條規定：「凡聲請登記之報社或通訊社，非領有內政部發
給之登記證，不得發行。」第三條規定：「凡報社或通訊社之遷地出版者，非
經內政部發有新登記證，不得發行。」第四條規定：「各地經核准登記之報社
及通訊社，其設備低劣、內容簡陋者，由地方政府會商當地黨部依法嚴加考
覈，轉報內政部切實取締。」第二條規定暫緩新報登記：「內政部對於報社或
通訊社之聲請登記案件，得斟酌當地實際情形，暫緩辦理。」〔註 24〕

　　2、言論

　　這一階段，國民政府從新聞和圖書雜誌兩方面加強了對言論的事前審
查。就新聞檢查而言，頒佈了 5 個戰時新聞檢查文件，它們是《新聞檢查標
準》（1937 年 8 月 12 日）、《戰時新聞檢查辦法》（1939 年 5 月 26 日）、《印刷
所承印未送審圖書雜誌原稿取締辦法》（1939 年 6 月 14 日）、《關於新聞發佈
統製辦法》（1939 年 9 月 15 日）和《戰時新聞違檢懲罰辦法》（1939 年 12 月
9 日）。就圖書雜誌審查而言，頒佈了 5 個文件，它們是《修正抗戰期間圖書
雜誌審查標準》（1938 年 7 月 21 日）、《圖書雜誌查禁解禁暫行辦法》（1939
年 5 月 4 日）、《調整出版品查禁手續令》（1939 年 10 月 24 日）《戰時圖書雜
誌原稿審查辦法》（1938 年 12 月 22 日）和《戰時圖書雜誌原稿審查辦法》（1940
年 9 月 6 日）。

〔註 24〕 劉哲民：《近現代出版新聞法規彙編》第 488 頁，學林出版社，1992 年 12 月。

（1）禁載內容

與禁載內容有關的文件是《新聞檢查標準》和《修正抗戰期間圖書雜誌審查標準》。

《新聞檢查標準》從軍事、外交、地方治安和社會風化四方面做了相應規定，《修正抗戰期間圖書雜誌審查標準》從謬誤言論和反動言論兩方面作了相應規定。

【1】軍事新聞應扣留或刪改的內容有：

〔1〕關於我國高級軍事機關、要塞、堡壘、軍港、軍艦、軍營、倉庫、飛行場港、兵工廠、造船廠、測量局及其它國防上建築物之組織及設備情形與其應秘密之地點；

〔2〕關於國軍預定實施之軍事計劃及一切部署；

〔3〕關於國軍之兵力、兵種、番號與其行動駐紮及軍用品之輸送、起卸地點或籌備情形；

〔4〕關於軍事高級指揮官及黨、政重要負責人有關軍事秘密之行動；

〔5〕各機關關於軍事、外交、政治之報告、會議文件、談話，其性質足資敵人利用者；

〔6〕關於戰時受傷、被殺或被俘長官之姓名及士兵之實額；

〔7〕關於戰時敵人擾亂後方之詳細情形；

〔8〕關於敵我軍情與事實不符之記載；

〔9〕關於新式武器及軍事工業之發明；

〔10〕其它不利於我方之軍事新聞。

【2】外交新聞應扣留或刪改者有：

〔1〕凡對我國外交有不利影響之消息，尚未證實或已證實不確者；

〔2〕凡外交事件正在秘密進行中，其消息或文件尚未經外交部正式或非正式公佈者；

凡外交談話未經外交部正式或非正式公佈者。

【3】地方治安新聞應扣留或刪改者有：

〔1〕搖動人心，引起暴動，足以釀成地方人民生命財產之重大損失者；

〔2〕故作危言，影響金融，足以引起地方人民日常生活之極度不安者；

〔3〕對於中央負責領袖，加以無事實根據之惡意新聞及侮辱，以損害政府信用者；

【4】社會風化新聞應扣留或刪改者有：

〔1〕關於誨盜之記載特別描寫，以煽揚猥褻、兇惡之影響者；

〔2〕其它有妨害善良風俗者。

除遵照以上規定外，各新聞檢查所檢查新聞並須依照出版法及宣傳品審查標準第二項第三項之規定。各新聞檢查所檢查新聞，仍須隨時遵照中央宣傳部頒佈注意之要點。各報社刊布新聞，須以中央通訊社消息爲標準。〔註25〕

【5】謬誤言論

〔1〕曲解、誤解、割裂本黨主義及歷來宣言、綱領、政策與決議案者。

〔2〕記載革命史蹟，敘述中央設施諸多失實，足以淆惑聽聞者。

〔3〕立言態度完全以派系私利爲立場，足以妨礙民族利益高於一切之前提者。

〔4〕其鼓吹之主張，不合抗戰要求，足以阻礙抗戰情緒，影響抗戰前途者。

〔5〕故作悲觀消極論調，或誇大敵人，足以消滅抗戰必勝之信念者。

〔6〕妨害善良風俗及其它之頹廢言論，足以懈怠抗敵情緒，貽社會不良影響者。

〔7〕言論偏激狹隘，足以引起友邦反感，妨礙國防外交者。

【6】反動言論

〔1〕惡意詆毀及違反三民主義與中央歷來宣言、政綱、政策者。

〔2〕惡意抨擊本黨、詆毀政府，污蔑領袖與中央一切現行設施者。

〔3〕披露軍事、外交秘密消息，關係國防計劃，而未經許可發表者。

〔4〕爲敵人及傀儡僞組織或漢奸宣傳者。

〔5〕鼓吹偏激思想，強調階級對立，足以破壞集中力量抗戰建國之神聖使命者。

〔6〕鼓吹在中國境內實現國內政府以外之任何僞組織，國民革命軍以外之任何僞匪軍，及其它一切割裂整個國家民族之反動行爲者。

〔7〕挑撥中央與地方感情，或離間黨政軍民各方面之關係，以遂其破壞全國統一之陰謀者。

〔註25〕劉哲民：《近現代出版新聞法規彙編》第 550～551 頁，學林出版社，1992 年 12 月。

〔8〕妄造謠言，顛倒事實，足以動搖人心，淆亂視聽者。〔註26〕

（2）禁載方式

這一階段從三方面對言論出版進行統制：首先，新聞發佈採取統製辦法；其次，對於合法公開出版物，頒佈了一系列關於新聞檢查和圖書雜誌原稿審查的文件，成立了戰時新聞檢查局和圖書雜誌審查委員會。戰時新聞檢查局下設各省市戰時新聞檢查所、各重要縣市戰時新聞檢查室，圖書雜誌審查委員會分爲中央圖書雜誌審查委員會和各地圖書雜誌審查委員會，這些戰時新聞檢查機構和圖書雜誌審查機構共同組成了一個戰時新聞、圖書、雜誌檢查網，來確保言論出版合乎戰時需要；第三，管控印刷所以杜絕書刊秘密發行。

【1】新聞發佈統製辦法

1939 年 9 月 15 日，國防最高委員會頒佈《關於新聞發佈統製辦法》，規定了新聞發佈的主體，具體內容有三條：「一、除中央各院、部、會主官及特別指派之人員外，無論任何機關團體人員，非因職務或業務上之必要，應儘量避免與外人接觸；遇有接觸之必要時，亦不得告知任何政治消息，或表示政治意見。二、各中央政治機關對外發表消息及一切文告，應送外交部情報司或中央宣傳部國際宣傳處代爲發表。三、中央各院、部、會得制定一、二人專負接待一般外賓發言之責，但其談論範圍，應先得該主管長官之指示。」〔註27〕

【2】新聞、圖書和雜誌事前審查

〔1〕審查機構

1939 年 5 月 26 日，軍事委員會擬定了《戰時新聞檢查辦法》，自 6 月 1 日起由行政院訓令通行。根據這一辦法，由原軍事委員會新聞檢查機構改組而成立的戰時新聞檢查局於 6 月 4 日成立，集中管理戰時全國新聞檢查事宜。〔註28〕此外還頒發戰時新聞檢查局的組織大綱、服務規則、辦事細則、審查室規則和各省市、各重要縣市的戰時新聞檢查機構等一系列法律性文件，先後建立起各省市的戰時新聞檢查所、重要縣市的戰時新聞檢查室，形成了一個嚴密的戰時新聞檢查網。

〔註26〕劉哲民：《近現代出版新聞法規彙編》第 247～248 頁，學林出版社，1992 年 12 月。
〔註27〕劉哲民：《近現代出版新聞法規彙編》第 555 頁，學林出版社，1992 年 12 月。
〔註28〕劉哲民：《近現代出版新聞法規彙編》第 554 頁，學林出版社，1992 年 12 月。

　　1938 年 7 月 21 日國民黨第 5 屆中央常委會第 86 次會議通過《戰時圖書雜誌原稿審查辦法》，12 月 22 日國民黨第 5 屆中央常委會第 106 次會議修正施行。根據這一辦法，抗戰期間特組織中央圖書雜誌審查委員會（簡稱中央審查機關），採取原稿審查辦法，處理一切關於圖書雜誌之審查事宜。中央審查機關，由中央執行委員會宣傳部、軍事委員會政治部及行政院內政部、教育部及中央社會部共同組織，爲全國最高圖書雜誌審查機關。各大都市（或省會）成立地方圖書雜誌審查委員會（簡稱地方審查機關），辦理各該地方之圖書組織審查事宜。

　　〔2〕審查範圍

　　新聞檢查包括黨內黨外兩部分，其中黨內包括各級黨部之宣傳品；各級宣傳機關關於黨政之宣傳品；黨內報紙及通訊稿；黨外包括黨外報紙及通訊稿；有關黨政宣傳之定期刊物；有關黨政之書籍；有關黨政宣傳之各種戲曲、電影；有關黨政之一切傳單、標語、公文函件、通電等宣傳品。〔註 29〕

　　圖書雜誌審查對象是各地書店及出版機關印行圖書雜誌，除自然科學、應用科學之無關國防者，及大中小學與民眾學校教科書之應送教育部審查者外，均須一律呈送所在地審查機關審查許可後，方准發行。〔註 30〕

　　〔3〕審查方式

　　各地書店及出版機關呈送圖書雜誌請求審查時，須檢送原稿一份或清樣二份，逐呈地方審查機關審查，審畢後，如內容無不合之處者，即以原稿或清樣加蓋「審訖」圖章，發還送審者。凡經審查機關審核之圖書雜誌，於出版時，應先檢送二份，由各該審查機關覆核後，方准發行。審查機關許可出版之圖書雜誌，一律發給審查證。各圖書雜誌於出版時，應將審查證號碼用五號鉛字排列底封面上角，以備查考。〔註 31〕

　　【3】管控印刷所

　　1939 年 6 月 14 日，內政部頒佈《印刷所承印未送審圖書雜誌原稿取締辦法》，以此期望杜絕書刊之秘密發行。

　　1939 年國民黨中央宣傳部說，「本黨應付方針，可分爲積極的消極的兩方面之言。在積極方面根據本黨黨義與國策，分別編撰叢書小冊子，以獨立出

〔註 29〕　劉哲民：《近現代出版新聞法規彙編》第 207 頁，學林出版社，1992 年 12 月。
〔註 30〕　劉哲民：《近現代出版新聞法規彙編》第 250 頁，學林出版社，1992 年 12 月。
〔註 31〕　劉哲民：《近現代出版新聞法規彙編》第 250 頁，學林出版社，1992 年 12 月。

版社發行之。並對於出版界新聞界切實加以指導。又如每周宣傳要點之頒發，黨報社論之撰擬，以及各種聯絡指導等屬之。在消極方面，除對新聞紙早已採取檢查制度外，圖書雜誌部分已出版書刊在去年一年中，受查禁處分者凡一百二十種，其未出版者則採取原稿審查辦法，所有發行之圖書雜誌，均須審查後方准出版。此外更擬定《印刷所印刷不送審查圖書雜誌原稿取締辦法》，以杜絕秘密發行之流弊。自汪（精衛）案發生後，一切分化偏激之言論，均經刪改，故出版界言論均尚平妥。可見消極的防止工作，已收相當效果。」〔註32〕

7.2.2 抗日戰爭第二階段的戰時新聞統制政策

1941 年 12 月 8 日至 1945 年 9 月 2 日，這一階段爲太平洋戰爭階段。這一階段國民政府採取了批准登記制，加強了出版管理和言論事前審查。

1、出版

1943 年 4 月 15 日國民政府頒佈了《非常時期報社通訊社雜誌社登記管制暫行辦法》，之後頒佈了《非常時期軍辦報社通訊社雜誌社登記管制暫行辦法》。1943 年 2 月 15 日頒佈《新聞記者法》和《新聞記者法施行細則》（1944 年 8 月 19 日）。對報社、通訊社和雜誌社的創辦與記者編輯發行人員的身份進行了限制。

（1）批准登記制——最嚴苛的報刊創辦制度

《非常時期報社通訊社雜誌社登記管制暫行辦法》採取了最嚴苛的報刊創辦制度，批准登記制。這一暫行辦法適用於一切非軍方的報刊雜誌。暫行辦法規定報刊雜誌需要批准登記後才能發行，違者取締。批准方爲地方主管官署、同級黨部——省政府或市政府、同級黨部、當地新聞檢查機關或圖書雜誌審查機關——內政部、中宣部、中央圖書雜誌審查委員會、軍事委員會戰時新聞檢查局。批准後由內政部登記註冊。

（2）調整報社、通訊社和雜誌社的分佈

暫行辦法對報刊雜誌的分佈作了規定，如果超過了規定的數額則限制增設。

〔註32〕《宣傳部書面答覆苗委員培成質詢》1939 年 1 月。臺北中國國民黨黨史館藏檔，5.2、159；見見楊奎松：《國民黨聯共與反共》，社會科學文獻出版社，2008 年，第 410 頁。

（3）管製版面篇幅

暫行辦法對報刊的版面篇幅作了規定，在必要的時候，內政部會同中央宣傳部可以在指定一區域內，要求該區域報社全部或一部發行聯合版或限制其篇幅。

（4）報刊雜誌的記者、編輯、發行資格有學歷規定。

在國內外大學或獨立學院之新聞學系或新聞專科畢業等，得聲請給予新聞記者證書。

（5）報刊雜誌的記者編輯發行需加入由行政機關管理的新聞記者公會。

新聞記者應就執行職務地組織公會。分為縣市省新聞記者公會及全國新聞記者公會聯合會。新聞記者公會由社會行政機關管理之。新聞記者公會之任務與新聞記者之風紀均各有專條規定。

《非常時期報社通訊社雜誌社登記管制暫行辦法》〔註33〕

第一條　凡報社、通訊社、雜誌社之聲請登記，或遷地出版聲請變更登記者，非經內政部會同中央宣傳部核准，由內政部發給登記證後，不得發行。違反前項規定者，由地方主管官署或當地新聞檢查機關、圖書雜誌審查機關通知地方主管官署，會同同級黨部，依法嚴加取締。並分別轉報內政部及中央宣傳部。

第二條　地方主管官署於依法核轉報社、通訊社、雜誌社之登記、或變更登記聲請時，應於十日內會同同級黨部加具考察意見，轉呈省政府或直隸於行政院之市政府。省政府或直隸於行政院之市政府，接到前項核轉登記，或變更登記之聲請時，應於十五日內會同同級黨部加具覆核意見，並加蓋印信，轉送內政部。其聲請者係報社或雜誌社時，並得由省政府或直隸於行政院之市政府，送交當地新聞檢查機關或圖書雜誌審查機關簽注意見，仍依覆核限期及程序辦理之。內政部接到第二項登記文件，應會同中央宣傳部審查，並與中央圖書雜誌審查委員會、軍事委員會戰時新聞檢查局取得密切之聯繫。

〔註33〕劉哲民：《近現代出版新聞法規彙編》第 499 頁，學林出版社，1992 年 12 月。

第三條　報社、通訊社、雜誌社之資本，暫以下列規定定其額數，並得由地方主管官署於考察時令其呈驗證件：一、在人口百萬以上之省政府或市政府所在地，刊行報紙者五萬元以上，刊行通訊稿一萬五千元以上，刊行雜誌者二萬元以上。二、在人口未滿百萬之省政府或市政府所在地，刊行報紙者三萬元以上，刊行通訊稿者五千元以上，刊行雜誌者一萬元以上。三、在縣政府或設治局所在地，刊行報紙者五千元以上，刊行通訊稿者一千元以上，刊行雜誌者二千元以上。

第四條　報社、通訊社、雜誌社之名稱，如與已登記之他社名稱完全相同，或怪異不經，及不適合時地者，得令更改其名稱。

第五條　報社、通訊社之設立按分佈規定調整之。一、在人口五十萬以上之省政府或市政府所在地，及其近郊地區，以報社五家、通訊社三家為原則。逾額得限制增設。二、在人口未滿五十萬之省政府或省政府所在地，及其近郊地區，以報社三家、通訊社二家為原則，逾額得限制增設。三、在前二款之外之重要都市，以報社二家、通訊社一家為原則，逾額得限制增設。四、在縣政府或設治局所在地，以有報社一家為原則。

第六條　雜誌社得由中央宣傳部、內政部參酌前條關於報社之規定，調整其分佈。

第七條　雜誌社經核准登記後，其出版內容與申請登記時所填之發行旨趣不符者，內政部得於中央宣傳部審定後停止其發行，並註銷登記。

第八條　報紙、通訊稿、雜誌之內容如不合於抗戰建國之需要，並足貽社會以不良之影響者，內政部得於中央宣傳部審定後停止其發行，並註銷登記。中央圖書雜誌審查委員會或軍事委員會戰時新聞檢查局，如遇有前條或本條所定情形，除依審檢法規辦理外，得報請中央宣傳部審定，轉函內政部辦理之。

第九條　內政部於必要時，得會同中央宣傳部指定一區域內之報社全部或一部發行聯合版或限制其篇幅。

第十條　本辦法施行前，已設立之報社、通訊社、雜誌社，應由各省市政府於本辦法施行二個月內，督飭地方主管官署，會同同級黨部舉行登記證總查驗。凡未領登記證者，一律停止發行，並分別轉報內政部及中央宣傳部備查。本辦法施行前已核准登記發給登記證之報社、通訊社、雜誌社，其停刊已逾修正出版法第十五條規定之限期或情形不明者，應由各省、市政府於本辦法施行後二個月內，督飭地方主管官署會同同級黨部查明，分別轉報內政部及中央宣傳部註銷其登記。依第二項規定因情形不明，應予註銷登記之報社、通訊社、雜誌社，內政部得委託省政府公告之。

第十一條　報社、通訊社、雜誌社之呈繳樣本，應切實遵照修正出版法施行細則第二十二條之規定，製備呈繳簿。如呈繳樣本未經收到而不能提出呈繳簿證明確已呈繳，或呈繳間斷日數，報社、通訊社已逾三個月，雜誌社已逾六個月，以停刊逾期論。內政部得會商中央宣傳部註銷其登記。前項呈繳間斷日數每年積計，在報社、通訊社不得逾三個月，雜誌社不得逾六個月，違者註銷其登記。

第十二條　報社、通訊社未送新聞稿檢查，雜誌社未送原稿審查。或每年積計送檢送審間斷日數已逾前條規定之限期者，當地新聞檢查機關或圖書雜誌審查機關，應報由軍事委員會戰時新聞檢查局或中央圖書雜誌審查委員會，轉函內政部查明，註銷其登記，並由內政部函達中央宣傳部。

第十三條　報社、通訊社、雜誌社之逕由內政部或中央宣傳部轉函內政部註銷其登記者，內政部用分別通知軍事委員會戰時新聞檢查局或中央圖書雜誌審查委員會。

第十四條　凡未持有內政部發給登記證之報社、通訊社、雜誌社，或已經內政部註銷其登記者，各地新聞檢查機關或圖書雜誌審查機關。除不予接受檢查或審查外，應通知地方主管機關取締。並轉報備案。

第十五條　軍事機關、部隊、學校主辦之報社、通訊社、雜誌社，其登記辦法另定之。

第十六條　本辦法自公佈日施行。

1943 年 2 月 16 日新聞記者法府令制定公佈

《申報》中華民國三十二年二月十六日第三版

國民政府二月十五日令：茲制定新聞記者法公佈之。此令。

新聞記者法

第一條　本法所稱新聞記者，謂在日報社或通訊社，擔任發行人撰選編輯採訪或主辦發行及廣告之人。

第二條　依本法聲請核准領有新聞記者證書者，得在日報社或通訊社執行新聞記者之職務。

第三條　具有左列各款資格之一者,得申請給予新聞記者證書:(一) 在教育部認可之國內外大學或獨立學院之新聞學系或新聞專科學校畢業得有證書者;(二) 除前款外,在教育部認可之國內外大學獨立學院或專門學校修習文學教育社會政治經濟或法律各學科畢業,得有證書者;(三) 曾在公立或經立案之大學獨立學院專門學校,任前二款各學科教授一年以上者;(四) 在教育部認可之高級中學或□制中學畢業,並曾執行新聞記者職務二年以上,有證明文件者;(五) 曾執行新聞記者職務三年以上,有證明文件者。

第四條　有左列情事之一者,不得給予新聞記者證書,其已領有新聞記者證書者,撤銷其證書:(一) 背叛中華民國證據確實者;(二) 因違反出版法第二十一條之規定,或因貪污或詐欺行爲被處徒刑者;(三) 禁治產者;(四) 褫奪公權者;(五) 受新聞記者公會之會員除名處分者;(六) 國內無住所者。

第五條　請給予新聞記者證書者,應於聲請書載明左列各款事項,向內政部爲之:(一) 姓名,性別,年齡,籍貫,現在住址及永久通訊處;(二) 學歷經歷;(三) 曾執行新聞記者職務者,其所服務報社或通訊社之名稱,地址,及開始執行服務之年月與其服務期間。

第六條　本法施行前在日報社或通訊社執行新聞記者職務者，應於
　　　　本法施行後三個月內，聲請給予證書；在其聲請未被駁回
　　　　前，得照常執行職務。

第七條　新聞記者應加入其執行職務地之新聞記者公會或聯合公
　　　　會，其地無公會者，應加入其臨近市縣之新聞記者公會。

第八條　市縣新聞記者公會，以在該管區域內執行職務之新聞記者
　　　　十五人以上之發起組織之；其不滿十五人者，應聯合二以
　　　　上之縣或與市共同發起組織之。

第九條　省新聞記者公會得由該省內縣市公會或其聯合公會五個以
　　　　上之發起及全體過半數之同意組織之；其縣市公會及其聯
　　　　合公會不滿五單位者，得聯合二以上之省共同組織之。

第十條　全國新聞記者公會聯合會，得由省或其聯合公會或院轄市
　　　　公會十一個以上之發起及全國過半數之同意組織之。

第十一條　在同一區域內同級之新聞記者公會，以一個為限，新聞記
　　　　　者公會之會員，以領有證書而現執行職務之新聞記者為限。

第十二條　新聞記者公會之任務如左：（一）關於新聞學術及新聞事業
　　　　　之研究與發展事項；（二）關於三民主義之闡發與國策之推
　　　　　進事項；（三）關於宣揚政令與協助政府之宣傳事項；（四）
　　　　　關於社會改良事項；（五）關於新聞記者品德之砥礪與風氣
　　　　　之整飭事項；（六）關於新聞記者共同利益之維護增進事項。

第十三條　新聞記者公會之主管官署，為各級社會行政機關其目的事
　　　　　業並受有關機關之指揮監督。

第十四條　新聞記者公會設理事監事，其名額如左：（一）縣市公會或
　　　　　其聯合公會理事三人至九人，監事一人至三人；（二）省公
　　　　　會或其聯合公會或院轄市公會理事九人至十七人，監事三
　　　　　人至五人；（三）全國公會聯合會理事十一人至二十人，監
　　　　　事五人至九人；前項各款理事監事之任期不得逾三年，連
　　　　　選得連任一次。

第十五條　市縣新聞記者公會或其聯合公會，每年開會員大會一次，

省以上之新聞記者公會，每年開會員代表大會一次，必要時得因理事會之決議或經全體會員三分之一以上之請求，召開臨時大會。

第十六條　新聞記者公會得向會員徵收入會金及當年會費，有必要時，並得經主管官署之核准，□集事業用費；新聞記者公會每年度終，應將財產狀況報告主管官署並刊佈之。

第十七條　新聞記者公會應訂立章程，連同會員名冊及職員簡明履歷冊各一份，呈請主管官署立案。

第十八條　市縣新聞記者公會或其聯合公會之章程，應載明左列各款事項：（一）名稱區域及會所所在地；（二）宗旨組織任務或事業；（三）會員之入會及出會；（四）理監事名額權限任期及其選任解任；（五）會員大會及理事會監事會會議之規定，（六）會員應遵守之公約；（七）經費及會計；（八）章程之修改。省以上新聞記者公會之章程，除備用前項規定外，並應記職會員代表產生之方法。

第十九條　新聞記者公會會員大會或會員代表大會或理事會監事會之決議，有違反法令者，得由主管官署撤銷之。

第二十條　新聞記者於職務上或風紀上有重大之不正當行為，得由所屬公會全體會員三分二以上之出席，出席會員四分三以上之同意，於會員大會議決將其除名。

第二十一條　新聞記者於法律認許之範圍內，得自由發表其言論。

第二十二條　新聞記者不得有違反國策不利於國家或民族之言論。

第二十三條　新聞記者不得利用其職務為詐欺或恐嚇之行為。

第二十四條　新聞記者於其職務解除前不得兼任官吏。

第二十五條　新聞記者應於開始執行職務後十日內，將證書及所加入之新聞記者公會會員證，繳由所服務之日報社或通訊社，請市縣政府查驗後。轉請登記；其變更所服務之日報社或通訊社或解除職務而復執行者，亦同。

第二十六條　新聞記者執行職務，於受有關查驗證書之命令時，非有正當理由，不得拒絕。

第二十七條　未經領有證書而執行新聞記者職務者，除停止其職務外，
　　　　　　處二百元以下罰鍰，但第六條所定情形不在此限。

第二十八條　新聞記者違反第二十二條至第二十四條之規定者，撤銷其
　　　　　　證書。

第二十九條　新聞記者違反第二十五條之規定者，處五十元以下罰鍰。

第三十條　本法施行細則，由內政部會同社會部定之。

第三十一條　本法施行日期以命令定之。

2、言論

在新聞檢查方面，頒佈了 4 個文件，它們是《戰時空軍新聞限制事項》
（1942 年 2 月 28 日）、《戰時新聞違檢懲罰辦法》（1943 年 10 月 4 日）、《戰
時新聞禁載標準》（1943 年 10 月 4 日）和《各省市新聞檢查規則》（1943
年 12 月 24 日）。在圖書雜誌審查方面，頒佈了 7 個文件，它們是《劇本出
版及演出審查監督辦法》（1942 年 2 月 16 日）、《圖書送審須知》（1942 年）、
《審查處理已出版書刊細則》（1942 年 3 月 7 日）、《統一書刊審檢辦法》（1942
年 4 月 23 日）、《雜誌送審須知》（1942 年 4 月 23 日）《戰時出版品審查辦
法及禁載標準》（1944 年 6 月 20 日）、《妨害風化作品解釋事項》（1944 年
10 月 20 日）。

（1）禁載內容

在上述文件中，與禁載內容有關的文件是《戰時空軍新聞限制事項》、《戰
時新聞禁載標準》、《戰時出版品審查辦法及禁載標準》和《妨害風化作品解
釋事項》。

【1】違背我國立國之最高原則者

具體內容有五點：挑撥離間國內各民族之團結者；鼓吹侵略主義者；鼓
吹法西斯主義或階級獨裁理論者；鼓吹私人壟斷政策者；鼓吹階級鬥爭者。

【2】危害國家利益、破壞公共秩序者

具體內容有五點：侮辱國家元首者；響應敵人與漢奸謬論者；惡意抨擊
政府既定政策與現行法令者；挑撥黨政軍民感情者；對地方治安、糧荒、勞
資糾紛或其它騷亂作不符事實之報導或挑撥煽惑之言論者。

【3】外交方面之禁載

《戰時出版品審查辦法及禁載標準》（1944）禁載兩方面內容：一、泄露

國際間未至發表時期之會議談判、締約及其它有關外交之機密者。〔註34〕具體是指：國際會議內容有關國家軍事及外交機密者；對外交涉、談判、聲明及締約等事項未經政府發表者；中外重要使節之任免更調，未到發表時期者。〔註35〕二、妨害我國與友邦之睦誼，或同盟國間之團結者。〔註36〕具體是指侮辱友邦元首者；詆毀友邦立國精神及既定國策者；（三）污蔑盟軍作戰努力者；（四）傷害在華盟友之信譽者；離間盟軍與我軍之情感者。〔註37〕

【4】軍事方面之禁載

《戰時出版品審查辦法及禁載標準》（1944）禁載八方面內容：一、泄露國軍之編制、番號、裝備、駐防地點、調動、補充、整訓情形及作戰計劃者；二、泄露兵工廠、軍需工業與重要國防工業場、廠之地點、設備、製造、生產量、供應及運輸狀況者；三、泄露飛機場、要塞、測量局、重要電臺、軍營、倉庫、軍訓機關及防禦工事所在地及內容者；四、泄露戰役及與作戰有關之機密事項者；五、泄露敵後我黨、政、軍、教工作人員之姓名及活動情形者；六、有礙糧政、役政與軍事工役之推行者；七、泄露戰時財政經濟情況，足資敵人利用，影響抗戰者；八、泄露未經主管機關發表之各種會議、演習、校閱、集訓之日期、地點及參加人員者。」〔註38〕

具體內容如下：

一、泄露國軍之編制、番號、裝備、駐防地點、調動、補充、整訓情形及作戰計劃者。本項解釋：（一）泄露海陸空軍（包括出國部隊及在華盟軍）之編制、裝備、部隊番號、駐防或作戰地點、部隊集中與調動之日期、地點者。（二）泄露我方秘密軍事計劃及作戰計劃者；（三）泄露敵軍作戰計劃及秘密軍事計劃之內容與來源者；（四）泄露我軍事最高當局、前線各軍、師、旅長及盟軍高級官長之行蹤者；（五）泄露我方聘用之外籍高級軍事人員之國籍、人數、任務、行動等者；（六）泄露敵、我軍所用武器之性能者；（七）泄露敵軍之部隊番號及兵力者；（八）泄露我方軍隊之補充、整訓之地點及情形者。

〔註34〕 劉哲民：《近現代出版新聞法規彙編》第 277 頁，學林出版社，1992 年 12 月。
〔註35〕 劉哲民：《近現代出版新聞法規彙編》第 280～281 頁，學林出版社，1992 年 12 月。
〔註36〕 劉哲民：《近現代出版新聞法規彙編》第 277 頁，學林出版社，1992 年 12 月。
〔註37〕 劉哲民：《近現代出版新聞法規彙編》第 280～281 頁，學林出版社，1992 年 12 月。
〔註38〕 劉哲民：《近現代出版新聞法規彙編》第 277 頁，學林出版社，1992 年 12 月。

　　二、泄露兵工廠、軍需工業與重要國防工業場、廠之地點、設備、製造、生產量、供應及運輸狀況者。本項解釋：（一）泄露兵工廠之地點、設備、產量、工作人數、供應與運輸情形者。（二）綜合記載軍需工業與重要國營工業（以煤、鋼鐵、酒精爲限）場、廠之地點與設備者；（三）泄露上述場、廠生產數量、儲存、堆棧、運輸路線及供應之詳細情形者；（四）泄露公路、鐵路之工程設備、運輸功能及沿途詳細地形者。

　　三、泄露飛機場、要塞、測量局、重要電臺、軍營、倉庫、軍訓機關及防禦工事所在地及內容者。本項解釋：（一）泄露飛機場、測量局、電臺、軍器與燃料倉庫、高射兵器與炮位，險要艱巨之防禦工程之地點及設備情形者；（二）泄露大規模軍訓機關之地點、時間及人、財、物之實數者。

　　四、泄露戰役及與作戰有關之機密事項者。本項解釋：（一）泄露戰役中我軍傷亡及被俘數額者；（二）泄露未經證實被俘傷亡官長之姓名者；（三）泄露被敵機轟炸之街道名稱、機關名稱及軍事設施（飛機場、倉庫、技術工物等）之損失情形者；（四）俘虜含有秘密性之口供；（五）各種會戰戰果之統計數字；（六）我、敵兩軍戰術上優點與弱點之批判；（七）地方匪患尙未剿滅，足以動搖人心者。

　　五、泄露敵後我黨、政、軍、教工作人員之姓名及活動情形者。本項解釋：（一）泄露敵後我方黨政軍教人員之姓名、住址及聯繫地點者；（二）描寫各地敵後我方策動之內幕，易使工作人員不利者；（三）泄露僞軍準備反正部隊尙未正式歸來者。

　　六、有礙糧政、役政與軍事工役之推行者。本項解釋：（一）對徵糧負擔、徵兵數額及壯丁與抗屬生活痛苦情形爲不確實之報導，足以影響役政推行及軍隊士氣者；（二）傳播反戰文字者；（三）離間軍民合作者。

　　七、泄露戰時財政經濟情況，足資敵人利用，影響抗戰者。本項解釋：（一）未經政府公佈之國家歲出歲入之預算、決算詳細數字者；（二）法幣發行額及國家銀行存款、放款之數字；（三）淪陷區重要物資搶購之數量、種類及輸入路線；（四）米糖油鹽等主要儲藏地點，軍用物資之產量與供應；（五）未經實施完成之經濟、交通等建設之計劃。（六）關於侈談國防之擬議。

　　泄露未經主管機關發表之各種會議、演習、校閱、集訓之日期、地點及參加人員者。〔註39〕

〔註39〕　劉哲民：《近現代出版新聞法規彙編》第 280～281 頁，學林出版社，1992 年
　　　　　12 月。

（2）禁載方式

1944 年抗日戰爭進入反攻階段，4 月 19 日國民黨中宣部舉行外籍記者招待會，公開承認過去的檢查辦法有失當之處，同月，國民黨當局向中外新聞界宣佈要放寬審查尺度，保障言論自由；6 月 20 日，國民政府頒佈《戰時出版品審查辦法及禁載標準》，放寬禁載標準，並將審查方式改為事前審查（原稿審查）和事後審查（印刷品審查）兩種。8 月 7 日，國民政府宣佈廢止 1940 年頒行的《戰時圖書雜誌原稿審查辦法》。

【1】事前審查

「凡在國內出版之新聞報紙，應依照本辦法第十條所規定之禁載標準，施行事前審查。」〔註 40〕

【2】事後審查

「凡圖書及不以論述軍事、政治、外交為目的的雜誌，由著作人或發行人自行審查。」〔註 41〕

7.3 新聞統制政策之行政處分

行政處罰有忠告、警告、扣留出版物、定期停刊、永久停刊幾種類型，一般行政處罰較輕，違者行政強制，後者比前者重，再次違者更重。如果直接給予最重行政處分，表明禁絕態度之堅決。

7.3.1 查禁後可解禁，處罰由輕到重

1939 年 5 月 4 日國民黨中央常委會頒佈《圖書雜誌查禁解禁暫行辦法》，辦法規定查禁後解禁辦法。

《圖書雜誌查禁解禁暫行辦法》（1939）

民國二十八年五月四日國民黨第五屆中央常務委員會第一二零次會議修正

一、各地圖書雜誌審查委員會（以下簡稱各地審委會）發現有反動嫌疑之書籍，應詳加審查，將不妥之處，加以標識，檢附原書，擬具審查意見。轉請中央圖書雜誌審查委員會（以下簡稱中央審委

〔註 40〕 劉哲民：《近現代出版新聞法規彙編》第 276 頁，學林出版社，1992 年 12 月。
〔註 41〕 劉哲民：《近現代出版新聞法規彙編》第 276 頁，學林出版社，1992 年 12 月。

會）核辦。如認爲有緊急處分之必要時，得由當地審委會請當地政
府予以暫行扣押之處分。

二、各地審委會發現有反動嫌疑之雜誌，除以未經依法聲請登
記，得由該會依出版法第二十六條之規定，請當地政府予以停止發
行處分，並呈報中央審委會備案外。應詳加審查，並將不妥之處，
加以標識，檢附原刊，擬具審查意見，轉請中央審委會核辦，如認
爲有緊急處分之必要時，得由當地審委會請當地政府予以暫行扣押
之處分。

三、中央審委會通令查禁之書籍，如其發行人將不妥之處切實
刪改，得檢同修正本二份，分別向當地審委會及中央審委會呈請解
禁。當地審委會接到此項呈請，應即擬具初審意見，轉請中央審委
會核辦。其查禁本應由發行人悉數呈解當地審委會銷毀，並具立永
不再版切結。

四、中央審委會通令查禁之雜誌，如能證明其查禁之原因已經
消滅，得由其發行人向當地審委會及中央審委會申述理由，呈請解
禁。當地審委會接到此項呈請，應即擬具初審意見，轉請中央審委
會核辦。〔註42〕

1939 年 12 月 9 日，軍事委員會指令核准施行《戰時新聞違檢懲罰辦法》，規
定各報社通信社違禁懲罰辦法有五種：忠告、警告、嚴重警告、定期停刊和
永久停刊。如下四種均爲違禁行爲：未經檢查先行發表者；不遵照刪改登載
者；對緩登稿件即行披露者和免登稿件仍行披露者；對緩登免登稿件之地位
不設法補足，於稿件文字內故留空白，或另作標記，易致猜疑者。各新聞檢
查所認爲必要時，可以不向軍事委員會戰時新聞檢查局請示扣押違檢報紙或
通訊稿，事後補行呈報。

7.3.2 直接給予停止發行的處罰

1943 年 4 月 15 日《非常時期報社通訊社雜誌社登記管制暫行辦法》規定，
違者停止發行或停止發行並註銷登記。

〔註42〕劉哲民：《近現代出版新聞法規彙編》第 310 頁，學林出版社，1992 年 12 月。

1、沒有登記證者不得發行，違者取締

凡報社、通訊社、雜誌社之聲請登記，或遷地出版聲請變更登記者，非經內政部會同中央宣傳部核准，由內政部發給登記證後，不得發行。違反前項規定者，由地方主管官署或當地新聞檢查機關、圖書雜誌審查機關通知地方主管官署，會同同級黨部，依法嚴加取締。凡未持有內政部發給登記證之報社、通訊社、雜誌社，或已經內政部註銷其登記者，各地新聞檢查機關或圖書雜誌審查機關。除不予接受檢查或審查外，應通知地方主管機關取締。

1941 年 9 月中宣部下令停止《貴陽朝報》發行，因為該報尚未申請登記。

關於貴陽朝報刊載有瀆領袖一文，前接函示，貴局關於法案辦理情形，應據貴州省黨部電告後經查該報尚未申請登記，業經分函轉飭停止該報發行。〔註43〕

獨裁者的收入（下）

貴陽朝報

中華民國卅年九月二十一日 星期日 第四版

所有獨裁者之中，俸給最可憐的是斯大林，因為蘇聯幣值的想入非非，他的薪水很難確切地說明，曾被認為每年五十磅，但五百磅比較相近。

無論在什麼樣的情形下，他沒有什麼事要花費這筆錢，除非他私人買一點煙草來放進他忠實的煙斗，因為比較別的獨裁者來他的嗜好是簡樸的並且國家為他付了一切費用。他的出版物不像希特勒墨索里尼的，不給他私人一點版稅，雖然會被賣出千百萬冊。

另外一個俸給微薄的統治者是莎拉沙博士，葡萄牙的內閣總理和實際上的獨裁者，他年至五百磅，生活很簡樸，他只有一個僕人，並且，直到最近，滿足的只有一個房間，現在他有兩個了！莎拉沙的特長是理財，但他從沒有由投資賺一點私產。

中國給他的獨裁者給俸較優，蔣介石將軍的官俸每月約五十磅，比較古代付給皇帝的鉅款，簡直是不足道，但是為一個愛花錢的癖愛，只是因公飛行的統治者，卻是足夠了，蔣介石將軍大概常常為國家的公務花費這筆錢，這部「損失」則由他的富有的宋家之

〔註43〕第二歷史檔案館，全宗號七～八，案卷號 71。

一員的妻補足起來，宋家的資產一定會受到中日戰爭的影響，然在蘇彝士以東，仍然是首屈一指的，而且正爲推進他們的戰鬥的目的使用者。

2、停止發行並註銷登記

（1）因禁止性規範

雜誌社經核准登記後，其出版內容與申請登記時所塡之發行旨趣不符者，內政部得於中央宣傳部審定後停止其發行，並註銷登記。

報紙、通訊稿、雜誌之內容如不合於抗戰建國之需要，並足貽社會以不良之影響者，內政部得於中央宣傳部審定後停止其發行，並註銷登記。

（2）因命令性規範

本辦法施行前已核准登記發給登記證之報社、通訊社、雜誌社，其停刊已逾修正出版法第十五條規定之限期或情形不明者，應由各省、市政府於本辦法施行後二個月內，督飭地方主管官署會同同級黨部查明，分別轉報內政部及中央宣傳部註銷其登記。

報社、通訊社、雜誌社之呈繳樣本，應切實遵照修正出版法施行細則第二十二條之規定，製備呈繳簿。如呈繳樣本未經收到而不能提出呈繳簿證明確已呈繳，或呈繳間斷日數，報社、通訊社已逾三個月，雜誌社已逾六個月，以停刊逾期論。內政部得會商中央宣傳部註銷其登記。前項呈繳間斷日數每年積計，在報社、通訊社不得逾三個月，雜誌社不得逾六個月，違者註銷其登記。

報社、通訊社未送新聞稿檢查，雜誌社未送原稿審查。或每年積計送檢送審間斷日數已逾前條規定之限期者，當地新聞檢查機關或圖書雜誌審查機關，應報由軍事委員會戰時新聞檢查局或中央圖書雜誌審查委員會，轉函內政部查明，註銷其登記，並由內政部函達中央宣傳部。

按照通常的慣例，當一個國家遇到外族入侵的非常時期，總要實行全國總動員，結束黨爭，民主問題則要低調處理，人民甚而還要犧牲某些既得的民主權利，以利政府集中權力，提高決策效率，適應抵抗侵略的戰爭需要。因此本章述而不作，只期望能夠還原抗日戰爭時期新聞統制政策的史實。

第 8 章 國內戰爭時期新聞統制政策

本章研究的時段為 1945 年 9 月 2 日至 1949 年 9 月 30 日。

8.1 新聞統制政策的背景

8.1.1 國際背景

1945 年 2 月，在雅爾塔會議上，美國、英國為換取蘇聯出兵東北，減少美國的犧牲，未經中國國民政府同意安排了大連國際化、蘇聯在大連港的特殊權力、蘇聯租用旅順港設立海軍基地以及蘇聯在中東鐵路和南滿鐵路的特權。

8 月 14 日，中國國民政府和蘇聯簽訂《中蘇友好同盟條約》，以中國放棄對外蒙古的宗主權，換取蘇聯將東北交還給國民政府，並承諾不支持中共。

不過 11 月東北蘇軍拒絕國民黨軍從大連港登陸，代表中國政府接受東北主權，要求美國艦船轉經營口運送國民黨軍上岸，11 月 4 日重慶國民黨人得到長春行營報告稱，蘇軍已經向行營聲明，中共軍隊已佔領營口，蘇軍對國民黨軍在營口登陸將不能保證安全。〔註1〕接著蘇軍突然撤退，並引中共軍隊進入東北大中城市，蔣介石急忙開始利用空運，準備先期佔領長春，不料 11 月 14 日長春機場已被中共軍隊佔領。眼看接收東北無望，蔣介石最終決定將長春行營撤至三海關，並向美國政府要求干預，通過使蘇聯在外交上處於被動的辦法，來壓迫蘇軍不得阻撓國民黨軍進入東北接收主權。於此同時，蔣介石也準備派蔣經國以其私人代表的資格，前往莫斯科會見斯大林。〔註2〕

〔註 1〕 楊奎松：《國民黨的聯共與反共》第 548 頁，社會科學文獻出版社，2008 年。
〔註 2〕 楊奎松：《國民黨的聯共與反共》第 549 頁，社會科學文獻出版社，2008 年。

12 月底，按照波茨坦公告，蘇聯、美國、英國三國外長在莫斯科召開會議。關於中國，三國達成協議中國應該建立一個統一民主的政府，該政府應該有廣泛的參與，和內戰停火。三國都同意不干涉中國內政。蘇聯外長指出，蘇聯駐東北軍隊已經完成對日軍的繳械和遣返；應中國政府要求，蘇聯駐東北軍隊的撤回將推遲到 1946 年 2 月。美國外長指出，美國在華北駐軍的主要任務是實施對日軍的繳械和遣返。在中國軍隊能獨立擔負責任後，美國駐軍將立即撤回。

不過杜魯門總統希望通過美國干預，促使蔣介石放棄一黨訓政制度，推動中國的政治民主化，並以此交換中共交出軍隊，使國共兩黨軍隊實現國家化，從而完成中國在蔣介石領導下的統一。〔註3〕

8.1.2 戰爭背景

日本宣佈無條件投降以後，戰爭並未停止。

按照時間順序來看，1945 年 9 月 12 月就有上黨戰役（9.10～10.12）、平漢戰役（10.24～11.2）、平綏戰役（10.18～12.4）、津浦戰役（10.15～12.14）、山海關戰鬥（11.15），這一階段的戰爭起因源於雙方對實際利益的爭奪。在對日接收的問題上，國民黨執政的國民政府以中國唯一合法政府的身份試圖獨佔受降權，共產黨則要求分享對日受降的權利，因此雙方軍隊在華北、東北多處衝突。

1946 年三停三戰。三次停戰時間分別是 1 月、6 月和 10 月。1946 年 1 月初，在馬歇爾的調停下，國共雙方下達了 1 月停戰令，以迎接政治協商會議召開。6 月 6 日在馬歇爾的壓力下，蔣介石下達了六月停戰令，同意東北休戰 15 天，後來又延長 8 天。休戰期間，蔣要求中共必須放棄蘇北、膠濟鐵路、承德、古北口和哈爾濱，遭到中共拒絕。10 月初，應馬歇爾要求，國民政府下達第三次停戰令，但停戰令期限剛過，10 月 11 日國軍 36 集團軍乘中共主力在大同之際，奇襲奪取了中共華北區中心城市張家口。

1947 年 2 月底，國民政府公開下令驅逐中共代表，限令在南京、上海、重慶的中共留守處代表 3 月 5 日前撤離，並關停重慶《新華日報》社。第二次國共合作結束。3 月 10 日，胡宗南率領 20 萬國軍進攻延安。6 月 30 日，國民政府司法院最高檢察署通緝毛澤東、周恩來等人。

〔註 3〕 楊奎松：《國民黨的聯共與反共》第 583 頁，社會科學文獻出版社，2008 年。

8.1.3 憲政背景

1946 年 1 月 10 日，政治協商會議在重慶召開，31 日閉幕。出席會議代表共 38 人，其中國民黨 8 人，共產黨 7 人，民主同盟 9 人，青年黨 5 人，無黨派人士代表 9 人，會議就政府組織、和平建國綱領、軍事以及國民大會和憲法草案等五個問題達成書面的協議。

根據政治協商會議通過的五個決議案，國民政府委員會要在國民大會正式召開前進行改組，人數由過去的 36 人擴充爲 40 人，其中 20 人爲國民黨人員，另外 20 人分別由各黨派及無黨派人士充任，各黨派人選由各黨派自行題名，但蔣不同意時須另提人選，而無黨派人士則由蔣提名，惟蔣所提人選由三分之一委員反對時須另行選任。改組後的國民政府委員會應爲政府之最高國務機關，一般議案須有出席委員半數通過，重要議案須有出席委員三分之二贊成始得決議，而蔣對委員會之決議如認爲執行有困難時，可提交復議，但復議時有五分之三以上堅持時，該案應予執行。

與此同時，在軍事上，中共軍隊將由軍事三人小組盡速商定整編辦法。國民黨軍隊則應於 6 個月內完成其 90 個師的整編工作。之後，應再將全國軍隊統一整編爲 50～60 個師，實現軍隊國家化。軍隊實行軍黨分立、軍民分治和以政治軍的原則，禁止一切黨派在軍隊內公開和秘密活動，現役軍人不得參加黨務活動，政黨不得利用軍隊爲政爭工具；同時現役軍人也不得兼任行政管理，並嚴禁軍人干政；初步整軍計劃完成，即改組軍事委員會爲國防部，隸屬於行政院，部長不以軍人爲限。

根據決議，各方同意承認蔣介石的領袖地位，而國民黨亦承認確保人民權利。會後並立即組織由國共等各方人士組成的憲草審議委員會，依照會議確定的憲草修改原則，以兩個月爲期製成「五五憲草」修正案，以提交第一屆國民大會最終制定完成。至於國民大會問題，決議確定大會職權爲制定憲法，憲法通過須經出席代表四分之三同意。另外決議承認原有之 1200 名舊代表，但決定增加黨派及無黨派代表 700 名及臺灣和東北代表 150 名（筆者加：其中各黨派代表人數爲國民黨 220 名，共產黨 190 名，民盟 120 名，青年黨 100 名，社會賢達 70 名。），大會召開日期依照國民黨之提議定於 1946 年 5 月 5 日。〔註 4〕

〔註 4〕 楊奎松：《國民黨的聯共與反共》第 595～596 頁，社會科學文獻出版社，2008 年。

按照政協決議，國民大會必須在內戰停止、政府改組、訓政結束、憲草修正完成後，始能召開。但國民黨違背政協決議，於 10 月 11 日國民黨軍隊佔領張家口的當日正式下令 11 月 12 日召開國民大會。

1946 年 11 月 15 日，第一屆國民大會召開，出席代表 1381 人，中國共產黨和民盟拒絕出席，並將參加國大的民社黨開除出盟。會議的中心任務是制定憲法，12 月 25 日通過了《中華民國憲法》，共 14 章 175 條。在形式上雖有關於軍隊國家化、獨立外交、發展國民經濟、社會福利和文化事業等章節，但與《訓政時期約法》一脈相承，實質上恢復了 1936 年頒佈的《五五憲草》的總統獨裁制，用憲法形式確立了國民黨對全國的集權統治。1947 年 1 月 1 日，國民政府正式公佈這部憲法，並規定從同年 12 月 25 日起施行。憲法公佈後，立即遭到中國共產黨、民盟的譴責並聲明不予承認。

1948 年 3 月 29 日～5 月 1 日第二屆國民大會召開，這次會議的中心議題是選舉國民政府的總統和副總統。5 月 20 日蔣介石、李宗仁就任國民政府總統和副總統。

8.1.4 法律背景

1947 年 5 月，國民黨政府公布新的《戒嚴法》，規定在戒嚴地區停止集會結社，取締言論、講學、新聞雜誌、圖畫、告白、標語暨其它出版物之認為與軍事有妨害者。

6 月，人民解放軍轉入反攻後，7 月 4 日蔣介石向南京國民政府第六次國務會議提交了「厲行全國總動員，以戡共匪叛亂」的動員令，次日國民政府頒佈國家總動員案，下達戡亂動員令，總動員令基本內容有攻擊、污蔑中共「擁兵割據、擾害地方、武力叛國」、「拒絕參加國民大會」、「拒絕政府派員赴延商洽和平之建議」等等。重申國民政府「戡平共匪」決心，要求「全國一致奮起」，「全國軍民集中意志、動員全國力量」，「掃除民主憲政之障礙，達成和平建國之目的」。從此全國進入了動員戡亂時期。

7 月 18 日，根據動員令國會通過了《動員戡亂完成憲政實施綱要》，基本內容為「戡亂」所需之兵役、工役及其它有關人力，應積極動員，凡規避徵雇及妨礙徵雇等行為，均應依法懲處；「戡亂」所需之軍糧、被服、藥品、油、銅鐵、通信器材等軍用物資，均應積極動員，凡規避徵用及囤積居奇等行為，均依法懲處；凡怠工、罷工、停業關廠及其它妨礙生產及社會循序之行為，

均應依法懲處；對於煽動叛亂之之集會及其言論行動，應依法懲處等等。南京國民政府還決定取消中共國大代表及國民政府委員保留名額，並將中共參政員予以除名。7 月 19 日，國民政府頒佈了《動員戡亂完成憲政實施綱要》。

10 月，國民政府國防部下令恢復戒嚴地區的郵電檢查，凡認爲與審查標準相牴觸的書報刊，一律在郵局秘密查扣沒收，不准發行。

10 月 31 日，國民政府公佈《出版法修正草案》，規定報刊等出版物違法，均按《刑法》規定懲處。

12 月 25 日國民政府頒佈《戡亂時期危害國家緊急治罪條例》，第六條規定：以文字、圖畫或演說爲匪徒宣傳者，處 3 年以上 7 年以下有期徒刑，情節嚴重的處死刑或無期徒刑或十年以上有期徒刑。

行政院爲補發《戡亂時期危害國家緊急治罪條例》

致南京市政府訓令〔註 5〕

（1948 年 3 月 9 日）

令南京市政府

　　查《戡亂時期危害國家緊急治罪條例》茲經國民政府於 36 年 12 月 25 日明令公佈，登載當日《國民政府公報》，未另行文，恐未週知，除通令外，合行補發該條例，令仰知照，並轉飭知照，此令。

　　抄發《戡亂時期危害國家緊急治罪條例》一份。

院長　張群

中華民國 37 年 3 月

戡亂時期危害國家緊急治罪條例

（國民政府 36 年 12 月 25 日公佈）

第一條　本條例於戡亂時期適用之。

第二條　《刑法》第 100 條第 1 項、第 101 條第 1 項之罪者處死刑或無期徒刑。

　　　　通謀外國或其派遣之人而犯前項之罪者處死刑。

　　　　預備或陰謀犯前二項之罪者處 10 年以上有期徒刑。

　　　　犯前項之罪而自首者減輕或免除其刑。

〔註 5〕 尹玉蘭：《南京解放》，中國檔案出版社，2009 年 4 月。

第三條　參加以前條犯罪為目的之團體或集會者處 5 年以下有期徒刑。

犯前項之罪而自首者減輕或免除其刑。

第四條　依前二條之規定，自首而免除其刑者得令入感化教育處所施以感化教育。感化教育期間為 3 年以下、1 年以上。如認為有延長之必要者，得於法定期間之範圍內酌量延長之。

第五條　有左例行為之一者處死刑、或無期徒刑、或 10 年以上有期徒刑：

一、將軍隊交付匪徒、或聽其指揮訓練者

二、率隊投降匪徒者。

三、將要塞、軍港、軍用場所、建築物、軍用船艦、橋梁、航空機、鐵道車輛、軍械、彈藥、糧秣及其它軍需品、電信器材與一切供通訊、轉運之器物交付匪徒，或毀壞，或致令其不堪用者。

四、煽惑軍人不執行職務、或不守紀律、或逃叛者。

五、以關於要塞、軍港、軍營、軍用船艦、航空機及其它軍用場所、建築物或軍事之秘密文書、圖表、消息或物品泄露或交付匪徒者。

六、為匪徒招募兵役、工伕，或募集錢財者。

七、為匪徒之間諜者。

八、為匪徒供給、販賣或購辦、運輸軍用品，或製造軍械、彈藥及其原料者。

九、為匪徒供給、販賣或購辦、運輸軍用被服、食糧，或其它供製造被服之材料與可充食糧之物品者。

十、意圖妨害戡亂、擾亂治安或擾亂金融者。

前項之未遂犯罰之。

預備或陰謀犯第一項之罪者處 7 年以上有期徒刑。

犯第一項之罪而自首者減輕或免除其刑。

第六條　以文字、圖畫或演說為匪徒宣傳者處 3 年以上、7 年以下有期徒刑。

第七條　犯《懲治盜匪條例》第 2 條第 1 項、第 3 條第 1 項、第 4
　　　　條第 1 項第 3 款之罪者處死刑、無期徒刑、或 10 年以上有
　　　　期徒刑。

第八條　犯本條例之罪者，除軍人由軍法審判外，非軍人由特種刑
　　　　事法庭審判之。

　　　　前項特種刑事法庭之組織，由行政院會同司法院定之。

第九條　依《動員戡亂完成憲政實施綱要》之規定應處罰者，其審
　　　　判適用前條之規定。

第十條　前二條案件之審理得許辯護人員出庭辯護。

第十一條　本條例施行區域由國民政府以命令定之。

第十二條　本條例自公佈日施行。

1948 年 4 月，國民黨召開第一屆國民大會第一次會議。4 月 28 日第一屆國民
大會第一次會議第十二次大會通過《動員戡亂時期臨時條款》。內容爲：「茲依
照憲法第一百七十四條第一款程序，制定動員戡亂時期臨時條款如左：總統在
動員戡亂時期，爲避免國家或人民遭遇緊急危難或應付財政經濟上重大變故，
得經行政院會議之決議，爲緊急處分，不受憲法第三十九條或第四十三條所規
定程序之限制。前項緊急處分，立法院得依憲法第五十七條第二款規定之程序
變更或廢止之。動員戡亂時期之終止，由總統宣告或由立法院茲請總統宣告
之。第一屆國民大會，應由總統至遲於民國三十九年十二月二十五日以前召集
臨時會，討論有關修改憲法各案。如屆時動員戡亂時期尚未依前項規定宣告終
止，國民大會臨時會議決定臨時條款應否延長或廢止。」〔註 6〕

　　《動員戡亂時期臨時條款》是《中華民國憲法》的附屬條款，在動員戡
亂時期優於《憲法》而適用，性質相當於憲法修正案，被稱爲「戰時憲法」。
《臨時條款》最主要的內容，就是給總統以不受《中華民國憲法》第三十九
條和四十三條限制的緊急處分權力。因爲按憲法第三十九條規定，總統要宣
佈戒嚴則「須經立法院通過或追認」；第四十三條規定，總統急速處分，「發
佈緊急命令」，「須於發佈命令後一個月內，提交立法院追認。如立法院不同
意時，該緊急命令立即失效。」《臨時條款》則把總統宣佈戒嚴和發佈緊急命

〔註 6〕　劉振鎧：《中國憲政史話》第 24 頁，近代中國史料叢刊續編第 81 輯，文海出
　　　　　版社有限公司印行，中華民國 49 年 2 月。

令須經立法院通過或追認的限製取消了。臨時條款於 1948 年 5 月 10 日正式實行，最初規定有效期爲兩年半。

動員戡亂時期臨時條款 [註7]

中華民國三十七年五月十日國民政府制定公佈

茲依照憲法第一百七十四條第一款程序，制定動員戡亂時期臨時條款如左：

第一條　（總統緊急處分權）

總統在動員戡亂時期，爲避免國家或人民遭遇緊急危難，或應付財政經濟上重大變故，得經行政院會議之決議，爲緊急處分，不受憲法第三十九或第四十三條所規定程序之限制。

第二條　（立法院緊急處分之變更或廢止權）

前項緊急處分，立法院得依憲法第五十七款第二款現定之程序變更或廢止之。

第三條　（總統、副總統得連選連任）

動員戡亂時期，總統副總統得連選連任，不受憲法第四十七條連任一次之限制。

第四條　（動員戡亂機構之設置）

動員戡亂時期，本憲政體制授權總統得設置動員戡亂機構，決定動員戡亂有關大政方針，並處理戰地政務。

第五條　（中央行政人事機構組織之調整）

總統爲適應動員戡亂需要，得調整中央政府之行政機構、人事機構及其組織。

第六條　（中央民意代表之增補選）

動員戡亂時期，總統得依下列規定，訂頒辦法充實中央民意代表機構，不受憲法第二十六條、第六十四條及第九十一條之限制：

（一）在自由地區增加中央民意代表名額，定期選舉，其須由僑居國外國民選出之立法委員及監察委員，事實上不能辦理選舉者，得由總統訂定辦法遴選之。

〔註 7〕　《台灣終止「動員戡亂時期」後修訂廢除之法規滙編》（內部資料），中國社會科學院台灣研究所，1991 年 2 月。

　　（二）第一屆中央民意代表，係經全國人民選舉所產生，依法行使職權，其增選、補選者亦同。大陸光復地區次第辦理中央民意代表之選舉。

　　（三）增加名額選出之中央民意代表，與第一屆中央民意代表，依法行使職權。增加名額選出之國民大會代表，每六年改選，立法委員每三年改選，選監察委員每六改選。

第七條　（創制復決辦法之制定）

　　動員戡亂時期，國民大會得制定辦法，創制中央法律原則與復決中央法律，不受憲法第二十七條第二項之限制。

第八條　（國民大會臨時會之召集）

　　在戡亂時期，總統對於創制案或復決案認為有必要時，得召集國民大會臨時會討論之。

第九條　（憲政研究機構之設置）

　　國民大會於閉會期間，設置研究機構，研討憲政有關問題。

第十條　（動員戡亂時期之終止）

　　動員戡亂時期之終止，由總統宣告之。

第十一條　（臨時條款之修廢）

　　臨時條款之修訂或廢止，由國民大會決定之。

8.2 國內戰爭時期新聞統制政策的內容

8.2.1 出版

　　這一階段國民政府在出版方面的統制政策內容分兩個階段。

　　第一階段是 1945 年 9 月 2 日～1947 年 7 月 3 日，從日本簽署投降書起到國民政府頒佈國家總動員案下達戡亂動員令前止。這一階段，1947 年 6 月 1 日，國民政府行政院成立新聞局，接替國民黨中央宣傳部主管全國新聞事業，規定各地報社、通訊社、雜誌社原應寄送中宣部的出版品一律改寄行政院新聞局。第二階段從 1947 年 7 月 4 日起到 1949 年 9 月 30 日止。

　　第一階段有如下四個方面內容。

　　3、查封敵偽報紙、通訊社和雜誌。

4、允許官辦報紙、通訊社原地恢復出版。允許官辦新報、新通訊社登記出版。

5、允許商辦報紙、通訊社核准後原地恢復出版。限制商辦新報、新通訊社創辦。

6、所有報紙、通訊社強制登記，政府核准後方能出版。

管理收復區報紙、通訊社、雜誌、電影、廣播事業暫行辦法 [註8]
民國三十四年國民黨中常會通過

甲、敵偽報紙、通訊社、雜誌及電影、廣播事業之處置

一、敵偽機關或私人經營之報紙、通訊社、雜誌或電影製片、廣播事業，一律查封。其財產由宣傳部會同當地政府接收管理，但其中原屬未附逆之私人及非敵國人民財產而由敵偽佔用，經查明確實，並經中央核准後，得予發還。

二、附逆報紙、通訊社、雜誌及電影事業之處置：

（一）凡自國軍撤退後（其在收復區各地利用外商名義掩護經營者則在太平洋戰爭發生後）繼續在淪陷區公開出版或攝製者，概作附逆論。

（二）附逆之報紙、通訊社、雜誌、電影事業，先由宣傳部通知當地政府查封，聽候處置。

（三）敵偽及附逆之報紙、通訊社、圖書、雜誌等印刷品，凡其內容含有敵偽宣傳之毒素，違反抗戰利益者，經宣傳部審查後，應由地方政府予以銷毀。

三、中央宣傳部為便利推進宣傳片，前項沒收查封之敵偽或附逆報紙、通訊社、雜誌、電影製片、廣播等事業所有之印刷機器、房屋建築、工作用具及其它財產，經中央核准後，得會同當地政府啟封利用。

乙、報紙、通訊社復員辦法：

一、宣傳部、政治部、各級黨部、政府原在收復區各地淪陷前所辦之報紙、通訊社，應在原地迅即恢復出版，以利宣傳。

〔註8〕 劉哲民：《近現代出版新聞法規彙編》第508～509頁，學林出版社，1992年12月。

　　二、各地淪陷前之商辦報紙、通訊社，照下列優先程序，經政府核准後得在原地恢復出版。

　　　　（一）原在該地發行之報紙、通訊社，於該地淪陷後隨政府內移，繼續出版，致力抗戰宣傳者。

　　　　（二）原在該地發行之報紙、通訊社，因地方淪陷以致遭受犧牲，無力遷地出版，但其發行人及主持人仍保持忠貞，或至內地服務抗戰工作有案可稽，由原發行人申請復業者。

　　三、凡自收復區因戰爭內移繼續出版之報紙、通訊社，應以各返原地，恢復出版爲原則。非經政府特許，不得遷地出版。

　　四、各級地方政府或軍、師政治部，請求在收復區辦理報紙、通訊社時，應依法聲請登記後始得出版。

　　五、新請設立之報紙、通訊社，依照非常時期報紙、通訊社管理辦法予以限制。

　　六、收復區報紙、通訊社，自政府正式接收日起，應一律重新登記，非經政府核准不得先行出版。

　　七、經政府核准出版之報紙、通訊社，在一年以內不得作變更登記之請求。

　　八、雜誌之登記由政府斟酌各地情形辦理。

丙、新聞檢查及電影檢查之處理

　　一、收復區出版之報紙及通訊社稿，在地方尚未完全平定以前，應由當地政府施行檢查。

　　二、各地新聞檢查工作，應受宣傳部之指導，並由宣傳部派員協助地方政府辦理。

　　三、電影檢查辦法另定之。

第二階段有如下兩個方面內容。

1、限制報刊出版與登記。

1947 年 9 月 5 日，行政院臨時會議通過《新聞紙雜誌及書籍用紙節約辦法》，以節約紙張爲名，限制報刊的出版與登記。規定各地報紙均須縮減版面，

最高不超過兩張；雜誌的篇幅也同樣縮減，周刊不得超過 16 頁，半月刊不得過 32 頁，月刊不得超過 64 頁；對於無充分資金、固定地址的報紙、雜誌，嚴格限制其登記。

2、報紙、通訊社強制登記，即登記後方能出版。

在國民政府司法行政部的一份檔案中，筆者發現「未核准登記或未准更名者當難復刊」字樣，說明登記出版制度還是嚴格執行的。

令司法行政部

據內政部呈報最近處分新聞雜誌情形一案，經交該部審查所有停刊報社應否酌量准予解禁復刊去後，茲據覆稱「查內政部所報受處分之報社共 21 家，內中受短期停刊或嚴飭注意者 11 家，現已照常出版；受永久停刊處分者，除寧波時事公報、南京大學評論、漢口競存新聞、上海小日報因未核准登記或未准更名，當難復刊外，餘如南京新民報、長沙實踐晚報、上海再造旬刊、上海觀察周報、北平中建半月刊、南京眞理新聞社等因違反出版法第 21 條第 22 條或總動員法第 22 條而受永久停刊之處分，現已事過境遷，今後當知警惕，且內中若干報紙在抗戰期間曾有重大貢獻，似可由主管機關酌量情形准其解禁復刊以示政府尊重言論之至意」等語，應准照辦。除分令外合行令仰知照此令。〔註9〕

中華民國卅八年二月

院長 孫科

在國民政府的另一份檔案裏，筆者看到內政部通令加強出版方面的行政管理，抽查核對登記證，並列冊備查。

內政部公函 中華民國三八年十月五日 第 0026 號

查持有本部登記證之報社通訊社及雜誌僅能在原核准登記之縣市區域內發行，在原縣市區域內變更發行社址者自可依《出版法》第十條之規定辦理變更登記，但變更縣市發行時則應附繳原領登記證，按照《出版法》第九條之規定，重新申請登記，違者應予依法取締。適來，由平津京滬等匪區遷往政府統治區內發行之報社通訊社雜誌社爲數至多，尤應依法取締嚴格管理處分與外相應函請查照

〔註 9〕 第二歷史檔案館全宗號7，案卷號8811。

密飭地方主管官署會同各級警察機關切實抽查核對登記證，加緊出版管理並將貴市現有報社通訊社雜誌社之發行人及登記證字號等列冊，送本部備查爲荷。此致

廣州市政府　部長李漢魂〔註10〕

8.2.2 言論

這一階段國民政府在言論方面的統制政策內容分兩個階段。

第一階段是 1945 年 9 月 2 日～1947 年 7 月 3 日，從日本簽署投降書起到國民政府頒佈國家總動員案下達戡亂動員令前止。第二階段從 1947 年 7 月 4 日起到 1949 年 9 月 30 日止。

在第一階段，1945 年 9 月 17 日國民政府頒佈《廢除出版檢查制度辦法》，自 1945 年 10 月 1 日起執行。根據這一命令《戰時出版品檢查辦法及禁載標準》和《戰時書刊審查規則》被廢止。新聞檢查除軍事戒嚴區外一律廢止。

廢除出版檢查制度辦法
三十四年九月十七日第六屆中央常務委員會第十次會議通過

二、自民國卅四年十月一日起，廢止戰時出版品檢查辦法及禁載標準。

三、戰時書刊審查規則同時廢止。

四、新聞檢查除軍事戒嚴區外，一律廢止。

五、電影戲劇檢查仍繼續辦理，其檢查標準應予修訂。

六、軍事戒嚴區之範圍，依軍事委員會之規定（收復區其復員工作尚未完成者，應視爲軍事戒嚴區域）

七、現行出版法應酌於修訂。

八、制定誹謗法，以補充現行刑法規定之不足。

九、中央圖書雜誌審查委員會、軍事委員會戰時新聞檢查局及其附屬機關，由該會局呈請主管機關規定辦法，分別結束改組。

十、電影檢查所在宣傳部改隸前，受宣傳部之指導；在改隸後，改歸行政院宣傳部管轄。

〔註10〕第二歷史檔案館全宗號十二，案卷號 2009。

　　十一、出版物負責人如對於其將行刊載之言論與消息是否合法發生疑問時，得向中央宣傳部或當地政府詢問請求解答，宣傳部或當地政府對於該項詢問應負責予以解答。當地政府如遇不能解答時，得請宣傳部代為解答。〔註11〕

　　第二階段新聞採取事後檢查制度。

　　1949年1月8日，天津宣佈實施新聞檢查。1949年4月，上海京滬杭警備總司令部成立新聞檢查處。1949年8月甘肅省政府命令各報社通訊社將每日發佈之新聞呈送省府審查。

甘肅省政府公函〔註12〕

中華民國三十八年七月二十二日發出

　　事由：為擬飭各報社通訊社將每日發佈之新聞呈送審查請查照見覆由

　　擬辦欄裏內容：為適應戡亂計可以命令規定之

　　查各報社通訊社發佈之新聞關係國計民生及社會秩序至為重大，際茲戡亂期間，所有新聞報導尤宜配合國策，齊一步驟，發揚三民主義宣達政府政令，刊載正確消息，藉以激勵士氣，迅速完成剿匪任務，本府職司全省政務及地方治安之責，對於各種新聞紙類所刊載內容亟有明瞭必要，惟查出版法及其施行細則，尚無呈送省府審查之規定，擬令飭各報社通訊社將每日發佈之新聞呈送審查，可否之處相應函請，查照見復為荷。此致

內政部

主席（三個字看不清）

委員兼秘書長　丁宜中代拆代行

　　甘肅省政府公函　中華民國卅八年七月卅一日十八時擬稿八月五日發出〔註13〕

〔註11〕南京檔案館，全宗號1003，目錄號3，案卷號3；中國第二歷史檔案館：《中華民國史檔案資料彙編》第五輯第三編文化 234 頁，江蘇古籍出版社，1999年9月。

〔註12〕第二歷史檔案館檔案全宗號十二，案卷號2009。

〔註13〕第二歷史檔案館檔案全宗號十二，案卷號2009。

事由：準函爲擬通飭各報社將每日發佈之新聞呈送審查一案覆請查照由

公函：貴省政府卅八年七月廿二日一健字 554 號公函爲擬通飭各報社將每日發佈之新聞呈送審查請核覆事由，查爲配合戡亂國策，適應當前事實需要起見，出版新聞確有加強管理之必要，在此戡亂期間得由，貴省政府以命令規定飭各報社通訊社將每日發佈之新聞呈送省府審查，俾便管理。準函前由，相應復請查照辦理爲荷！此致

甘肅省政府

部長李

1、禁載內容

從國民政府檔案來看，1948 年 8 月尚未見國民政府頒佈正式的新聞檢查標準。行政院新聞局對於浙江省政府新聞處的請示，是這樣回答的：圖書雜誌事先審查，抗戰勝利後經中央先後通令廢止，前圖書雜誌審查委員會檔卷並由本部接管在案，在中央未有特別規定前，關於出版品之事後審查取締省（市）應均由主管新聞紙雜誌登記機關會同各該級視察機關辦理。

1949 年 4 月，上海京滬杭警備總司令部制定了新聞檢查標準：「不得有違反反共自衛戰爭之言論；不得破壞政治法令；不得有影響治安及社會秩序之言論；不得造謠惑眾；不得爲共匪張目或宣傳；不得有破壞軍民合作之言論。」〔註 14〕

2、禁載方式——事後審查

在 1948 年 8 月行政院給浙江省政府新聞處的答覆中，有「在中央未有特別規定前，關於出版品之事後審查取締省（市）應均由主管新聞紙雜誌登記機關會同各該級視察機關辦理」字樣。

新聞局公函

民國卅七年八月廿日發出（卅七）發新一字第 05224 號〔註 15〕

事由：爲查禁圖書雜誌一案函請查照見覆由

據浙江省政府新聞處灰代電稱：「查戰時圖書審查法令，早經廢

〔註 14〕《申報》1949 年 4 月 27 日。
〔註 15〕第二歷史檔案館檔案全宗號十二，案卷號 2009。

止，現值戡亂時期本省杭州市政府雖有圖書雜誌審查委員會之組
織，然仍無法會報據是項業務是否仍應繼續辦理，中央與省（市）
縣繫屬何機關主管，鈞局有無查禁圖書目錄理合電請示遵」，請查該
項業務係由

　　貴部主管相應函請

　　查照見覆函請檢擲　查禁圖書館目錄二份以便參考爲荷

此致內政部

局長　董顯光

行政院新聞局公函 〔註16〕

公函：

　　準貴局本年八月廿日（卅七）發新一字第五二二四號函，依據
浙江省政府新聞處代電請核圖書雜誌審查業務應否繼續及中央省
（市）縣繫屬何機關主管一案，囑核覆並檢寄查禁書刊目錄等由，
查圖書雜誌事先審查，抗戰勝利後經中央先後通令廢止，前圖書雜
誌審查委員會檔卷並由本部接管在案，在中央未有特別規定前，關
於出版品之事後審查取締省（市）應均由主管新聞紙雜誌登記機關
會同各該級視察機關辦理，準函前由，相應抄閱查禁書刊目錄清冊
復請查照爲荷！此致行政院新聞局

　　附抄送查禁書刊目錄清單二份

8.3 新聞統制政策之行政處分

　　行政處罰有忠告、警告、扣留出版物、定期停刊、永久停刊幾種類型，
一般行政處罰較輕，違者行政強制，後者比前者重，再次違者更重。如果直
接給予最重行政處分，表明禁絕態度之堅決。

8.3.1 警告

　　警告是較輕的行政處罰。就筆者目力所及，這一時期採取警告處罰的情
形有二：

〔註16〕第二歷史檔案館檔案全宗號十二，案卷號 2009。

1、違反《經濟緊急措施方案取締黃金投機買賣辦法》

據上海檔案館檔案，1947 年《正言報》登載公告價格以外黃金價格及《文匯報》登載黃金交易價格被警告。處罰依據是有違《經濟緊急措施方案取締黃金投機買賣辦法》第八條，「各種報章雜誌不得以任何方式登載公告價格以外之黃金行市」之規定。

為正言報登載公告價格以外黃金價格及文匯報登載黃金交易價格給予警告案〔註17〕

查該報於本月二十日經濟新聞欄登載現經社香港電標題金價漲新聞一則有違中央頒佈《經濟緊急措施方案取締黃金投機買賣辦法》第八條，「各種報章雜誌不得以任何方式登載公告價格以外之黃金行市」之規定，應予以警告，嗣後及務希加注意，毋再違玩為要。通知正言報館。

局 長 宣

副局長 俞

查該報於本月八日登載南京七日專電黃金交易價格收進為六十萬元售出為六十五萬元新聞一則。有違中央頒佈經濟緊急措施方案取締黃金投機買賣辦法第八條「各種報章雜誌不得以任何方式登載公告價格以外之黃金行市」之規定，應予以警告，嗣後及務希加注意，毋再違玩為要。通知文匯報。

局 長 宣

唯恐天下不亂之《文匯報》違法登載黃金黑市價格，為防微杜漸，計應予以警告，擬交由主管官署市督察局執行。（1947 年 4 月 24 日《文匯報》第 6 版題目為《主題：金鈔黑市復炙 副題：京市黃金已售八十萬，央行兌換處門庭冷落》）

2、違反戡亂國策

據南京檔案館檔案，1948 年 11 月 20 日內政部命南京市政府給予《南京日報》《新中華報》《民主日報》《南京人報》警告處分。事由是這些報刊刊載少數大學教授分別上總統書及致匪書，呼籲停戰。處罰依據是違背戡亂國策。

〔註17〕上海檔案館，全宗號 q131，目錄號 4，案卷號 3006。

內政部代電

中華民國三十七年 11 月 20 日（卅七）安三字 17393 號〔註18〕

南京市政府公鑒：查本月六日《南京日報》《新中華報》《民主日報》《南京人報》刊載本京少數大學教授分別上總統及致匪書，呼籲停戰，企圖實現匪方所謂「民主聯合政府」，違背戡亂國策，動搖社會人心，殊非淺鮮，應給予警告處分，並飭嗣後切實改正，不得再有類似言論記載，以正視聽，除分別注記外，相應申請查照辦理，見覆爲荷。

內政部

8.3.2 查禁

就筆者目力所及，查禁處罰情形有三：

1、外國人在華報刊「違法刊載」

內政部三六安四號第一二二八七號代電開〔註19〕

轉據貴市警察局以上海外國報紙言論對我政府之施政及社會上一切偶發事件每歪曲事實惡意評詆，如《大美晚報》每多渲染事實，極盡攻擊之能事，請鑒核，密予注意，並依法採取有效措施等情。查外國人在華發行報刊，應恪守我政府之各項規定，如有違法刊載，混淆視聽，自應依法予以取締，除飭屬嚴密注意並分電外相，應電請查照密予注意，依法取締並轉飭按照《出版法》第八條規定寄送出版品至部以便查閱爲荷。等由準此，應照辦，除分令社會局外合行令仰該劇遵照密予注意依法取締爲要。此令市長 吳國楨

2、「奸黨」出版品

上海市警察局，據報奸黨新華社香港分社長喬木之妻龍淋爲加強國際間宣傳，抨擊美國援華，特將美國民主爭取和平委員會所編印之《美國告白法西斯》一書翻譯中文，該項中文譯本現於本市重慶中路林森路轉角大眾書店內秘密出售，價格二千文等情，希即查明取締，司令部宣鐵吾（三六）未文參二勇（6088）印〔註20〕

〔註18〕南京檔案館，全宗號 1003，目錄號 3，案卷號 2241。
〔註19〕上海檔案館，全宗號 q131，目錄號 4，卷號 205。
〔註20〕上海檔案館，全宗號 q131，目錄號 4，卷號 205。

中華民國三六年八月十四日

批示該管分局令查明取締。

高警一發字第一七一六號

本件經派股員洪律聲及雇員陳湘梅前往大眾書店及附近書店明密查察均未發現有《美國告白法西斯》譯本出售，除飭屬繼續查察取締外，合將尊辦經過情形報請〔註21〕

嵩山盧家灣分局局長　八月二十一日

3、頗多煽動言論的報刊

上海市警察局近發現《正報》周刊一種內容頗多煽動言論，係在香港出版，銷售滬市，希即飭屬注意查禁爲要，松滬寄給司令部（三六）

中華民國三六年六月二十八日

松滬警備司令部快郵代電參二字第四零九九號

8.3.3 停刊

停刊分定期停刊和永久停刊兩種。《出版法》第二十四條規定：「戰時，或遇有變亂及其它特殊必要時，得依國民政府命令之所定，禁止或限制出版品關於政治、軍事、外交或地方治安事項之登載」〔註22〕；第二十八條規定：「內政部認爲出版品違背第二十四條所定禁止或限制之事項者，得指明該事項，禁止出版品之出售及散佈，並得於必要時扣押之。」〔註23〕第三十二條規定「因新聞紙或雜誌所載事項，依第二十八條第一項所定之處分，而其情節重大者，內政部得定期或永久提高至其新聞或雜誌之發行。〔註24〕就筆者目力所見，定期停刊或永久停刊的理由有這樣幾種：

1、刊登「匪軍」廣播消息

《新世界晚報》因刊登「匪軍」廣播消息收到停刊三日處罰。

內政部公函

準貴省政府（卅八）民三字第845號函爲貴陽市《新世界晚報》

〔註21〕上海檔案館，全宗號q131，目錄號4，卷號205。
〔註22〕劉哲民：《近現代出版新聞法規彙編》第137頁，學林出版社，1992年12月。
〔註23〕劉哲民：《近現代出版新聞法規彙編》第138頁，學林出版社，1992年12月。
〔註24〕劉哲民：《近現代出版新聞法規彙編》第138頁，學林出版社，1992年12月。

刊登匪軍廣播消息，特請核辦事由，查該報屢次刊載匪軍廣播消息，為匪張目，既經查明屬實，應依出版法第三十二條之規定，予以停刊三日之處分。相應復請查照特飭遵辦並見復為荷！此致貴州省政府〔註25〕

部長　李○○

2、歪曲事實，為「匪」宣傳，動搖人心，意圖破壞公共秩序

《時與文》雜誌在受到停刊一個月處罰之後被永久停刊。

內政部公函

中華民國三十七年八月三十日　安肆字 12954 號

事由：為停刊「時與文」雜誌函請查照辦理由〔註26〕

查上海發行之「時與文」雜誌屢作歪曲事實，為匪宣傳之言論，前經予以停刊一個月處分在案，茲查該刊不該前非，仍屢作歪曲事實言論，為匪宣傳，動搖人心，意圖破壞公共秩序，尤以最近數期言論更趨偏激，茲依據出版法第三十二條之規定，予以永久停刊之處分，除函上海市政府查照辦理外，相應函請查照，飭屬隨時查扣為荷，此致

南京市政府

部長　彭昭賢

3、違反《出版法》第二十一條

《出版法》第二十一條規定「出版品不得為下列各款言論或宣傳之記載：意圖破壞中國國民黨或違反三民主義者；意圖顛覆國民政府或損害中華民國利益者；意圖破壞公共秩序者。」〔註27〕根據《出版法》規定，違反《出版法》第二十一條不僅要給予最重的行政處分，而且要追究刑事責任。《出版法》第四十三條規定：「違反第二十一條之規定者，處發行人、編輯人、著作人及印刷人一年以下有期徒刑、拘役或一千元以下罰金。但其它法律規定有較重之處罰者，依其規定。」〔註28〕

〔註25〕第二歷史檔案館，全宗號 12，目錄號 2，案卷號 693。
〔註26〕南京檔案館，全宗號 1003，目錄 3，卷號 2241，社會部。
〔註27〕劉哲民：《近現代出版新聞法規彙編》第 138 頁，學林出版社，1992 年 12 月。
〔註28〕劉哲民：《近現代出版新聞法規彙編》第 139 頁，學林出版社，1992 年 12 月。

1949 年《臺北晚報》發表文章被控違反《出版法》第二十一條勒令停刊繳銷登記證。

> 臺灣省政府公鑒：三八辰感府釋乙字第 30596 號代電暨附件均
> 通悉，查臺北晚報刊載「公教人員的哀鳴」一文內容既經查明外僻
> 措辭乖謬，並經依出版法第二十一條之規定勒令停止發行，並繳銷
> 登記證一節，核年不合，應準備查，除將京警臺字第 181 號登記證
> 註銷外，相應復請查照為荷！內政部（卅八）穗漢警司三印〔註29〕

1948 年 7 月 9 日南京《新民報》被控違反《出版法》第二十一條處以永久停刊。新民報不服，認為處分南京《新民報》一案所例舉之違法證例均繫羅織成罪而引用之舊《出版法》，其精神與文字又均與憲法牴觸，故新民報所受永久停刊處分論法論理均為過當，請求撤銷處分。內政部收到《新民報》訴願書後予以書面回覆。

〔註29〕 第二歷史檔案館內政部警政，全宗號 12，目錄號 2，案卷號 693。

第 9 章　南京國民政府時期的新聞自由

新聞法是保護新聞自由和限制濫用新聞自由的法律規範文件。南京國民政府頒佈了 2 部《出版法》。這些法規的頒佈對於當時我國公民和報刊的新聞自由具有一定的保護作用。本章從立法、執法和守法三方面論述南京國民政府時期的新聞自由，試圖勾勒出這一時期新聞自由狀況。

9.1 立法

9.1.1 法的創制

法的創制，又稱立法，通常是指一定的國家機關依照法定權限和程序，制定、修改、補充和廢止規範性法律文件的專門活動。〔註1〕

立法是一種國家活動，它與國家權力相聯繫，是國家權力的運用。但並不是所有行使國家權力的國家機關都有權創制法律。只有特定的國家機關才可以行使法的創制權，進行創制法律的活動。這些機關被稱爲立法主體。

1、從立法主體來看

立法主體是指有權制定、認可、修改、廢除法律的國家機關。包括專門行使立法權或主要行使立法權的立法機關，也包括制定憲法的制憲機關，還包括制定行政法規和規章的國家機關以及制定地方法規的地方國家機關。

國家專門立法機關制定的法律和國家行政機關制定的行政法規是不同的。

〔註1〕　徐永康：《法理學》第 215 頁，上海人民出版社，2003 年 9 月一版，2003 年 12 月第二次印刷。

國家專門立法機關制定的法律是狹義上的法律，特指專門的立法機關比如議會按照法定職權和法定程序制定的規範性法律文件。其法律地位僅次於憲法，高於行政法規、地方性法規、自治條例和單行條例等。

行政法規是國家最高行政機關——國務院制定的有關國家行政管理活動的規範性法律文件的總稱。其具體名稱有條例、規定、辦法和實施細則等。

法律（狹義的）和行政法規的不同之處在於立法主體不同。法律是最高國家權力機關——國家立法機關制定，由國家立法機關或國家元首發佈的。行政法規是國家最高行政機關——國務院制定並發佈的。行政法規的具體制定與發佈形式有：國務院制定並發佈的，國務院批准並由各部委發佈的·國務院批准並由直屬機構發佈的等。也就是說，從制定主體上看，行政法規的制定權專屬於國務院，其它任何組織均無權制定行政法規。

通觀南京國民政府時期的新聞法律法規，南京國民政府時期立法權在國民黨全國代表大會、國民黨中央執行委員會、國民黨中央政治會議和國民會議。

先說說國民會議的立法權。按照孫中山的的設計，國家權力分爲政權和治權，政權爲選舉、罷免、創制、復決，這四種權力由人民行使，其中的創制和復決權是人民的權利。孫中山認爲這個權利還不能馬上交給人民，必須對人民進行訓練之後，才能由人民行使，此即訓政論。因此從 1927 年國民黨開始訓政起至 1945 年宣佈訓政結束，未召開國民會議，國民會議的立法權也未曾使用。

按照《中國國民黨訓政綱領》的規定，訓政期間由國民黨全國代表大會代表國民大會行使職權，因此國民黨的全代會是制定政策的最高機關。因爲「所謂訓政，是以黨來訓政，是以國民黨來訓政。在訓政時期中，國民大會的政權乃由本黨的全國代表大會代行，所以凡政治上一切最高的方針與原則，無論是外交的、財政的、軍事的、內政的、教育的……都有待於大會決定。」〔註 2〕

國民黨全國代表大會閉會期間，由中央執行委員會代行其職權；執行委員會閉會期間，由中央常會代行其職權，決定國民黨的重大方針政策。

〔註 2〕 胡漢民在三全大會上致的《開幕詞》（1929 年 3 月 15 日）《中國國民黨歷次代表大會及中央全會資料》（上），第 617 頁。

　　不過，從南京國民政府成立以後的創制和復決法律的運作來看，國民黨中央政治會議掌握著立法大權。

　　三全大會通過的《確定訓政時期黨、政府、人民行使政權之分際及方略案》第 2 條規定：決定縣自治制度之一切原則及訓政之根本政策與大計，由中國國民黨中央執行委員會政治會議行之〔註3〕。根據 1928 年 10 月 25 日國民黨中央執行委員會第 179 次常務委員會議通過的《中央執行委員會政治會議暫行條例》規定，中央政治會議有討論和決議立法原則的權利。在以後修訂的《政治會議條例》中這一條一直未作修改。通過討論和議決立法原則，中央政治會議爲即將出臺的法律確定了大政方針。

　　《中國國民黨訓政綱領》第 5 條規定：「指導監督國民政府重大國務之施行，由中國國民黨中央執行委員會政治會議行之。」〔註4〕「中央民國國民政府組織法之修正與解釋，由中國國民黨中央執行委員會政治會議議決行之。」〔註5〕對於這一規定，胡漢民在《訓政大綱提案說明書》中這樣說道：「政治會議爲全國訓政之發動與指導機關，……政治會議對於黨，爲其隸屬機構，但非處理黨務之機關；對於政府，爲其根本大計與政策方案所發源之機關，但非政府本身機關之一。換言之，政治會議，實際上總握訓政時期一切根本方針之抉擇權，爲黨與政府之間唯一之連鎖，黨與政府建國大計及其對內對外政策，有所發動，必須經此連鎖而達於政府，始能期其必行……。政府一方面，則凡接受之政策與方案，皆有負責執行之義務，有政必施，有令必行。」〔註6〕蔣介石更是在《國府政治總報告之說明》中一語道破中央政治會議的領導地位：「現在一般人往往對於國民政府五院中的立法院，以爲是國家的最高立法機關，無論什麼法律，都經由立法院通過後，才能有效，才能由政府去發佈施行，不知立法院所通過的重要法律案，更須由中央政治會議決定原則，一定根據中央政治會議的原則，立法院才可通過法律案，所以中央執行委員會政治會議才是最高的立法和政治指導機關，而國民政府只是在黨的指導下

〔註 3〕　《中國國民黨歷次代表大會及中央全會資料》（上）第 659 頁。
〔註 4〕　《訓政綱領》，《國民黨政府政治制度檔案史料選編》上冊第 590 頁，安徽教育出版社，1994 年版。
〔註 5〕　《訓政綱領》，《國民黨政府政治制度檔案史料選編》上冊第 590 頁，安徽教育出版社，1994 年版。
〔註 6〕　趙金康：《南京國民政府法制理念設計及其運作》第 118 頁，人民出版社，2006年 11 月。

一個最高的行政執行機關。我們如果不明了這一點，就以爲國民政府總攬中華民國的治權，一切宣戰、媾和、締結條約以及預算決算，都由國民政府掌理，其實這些問題，一定先由中國國民黨中央執行委員會交給中央政治會議去決定原則，待中央政治會議把原則決定以後，才能由國民政府各院部會去公布施行。」〔註7〕

這時立法院並非西方三權分立下直接爲民眾負責的代議性質的獨立機關，而是國民黨中央執行委員會中央政治會議領導下的一個專司立法的機構，是政府的一個部門。胡漢民說：「在訓政時期，立法院是奉從黨的命令，推行黨的政策，而施以治權的機關之一，其一切自然應該以黨的主義爲依歸。所以我們立法，必須先由中央政治會議確定原則，然後由本院按照原則起草條文和法案，並不敢有所增刪和損益。」〔註8〕「訓政時期是由黨——中央執行委員會——代表人民的政權。而治權付之國民政府，立法院既爲國民政府所屬的機關全受黨的付託，而行使治權，一切當然要遵守黨的意志，服從黨的命令。」〔註9〕這樣，立法院非但起不到對行政的制衡作用，而且在立法過程中，作爲立法的具體操作機關，還需對來自幾個領導機關的決議原則要一一採納。因此，無論在創制還是復決法律方面，都是由國民黨在控制著立法權。

根據《立法程序法》規定，參與立法的機關除中央政治會議議決一切法律外，國民政府爲執行法律或基於法律之委任，得制定法律之細則，這項細則稱爲條例；國民政府的內政、外交、財政、交通、司法、農礦、工商等部以及最高法院、監察院、考試院、大學院、審計院、法制局、建設委員會、軍事委員會、僑務委員會，以及各省政府、各特別市政府在制定條例時，除法令有特別規定外，須呈經國民政府核准。

行政法規的立法程序要經過規劃、起草、協商、徵求意見、審定、發佈六個步驟。〔註10〕爲了最大限度的防止少數人專斷立法，最大程度消除少數人知識有限給立法帶來的片面和缺陷，從而保證立法機關在立法中切實按照

〔註7〕 蔣介石：《國府政治總報告之說明》《大公報》1931年5月11日。

〔註8〕 胡漢民：《二年來立法工作之回顧——民國19年12月5日立法院二週年紀念會演講辭》，《革命文獻》第23輯，第593頁。

〔註9〕 胡漢民：《今後立法之方針——就立法院長時之演詞》1928年12月17日廣州《民國日報》。

〔註10〕 崔卓蘭主編：《行政法學》第139頁，吉林大學出版社，1998年12月第一版。

少數服從多數的原則表達意志，充分反映民意。〔註11〕所以法律的立法程序規定必須要經過審議法律草案、表決和通過法律草案才能發佈，行政法規的立法程序規定必須經過協商、徵求意見、審定三個步驟，然後才可以發佈。

協商程序是行政法規制定過程中必不可少的一道程序。對涉及幾個部門的行政法規，行政機關在制定過程中必須協調一致，防止出現法規生效後互相推諉或爭權現象。

徵求意見：對於涉及公民、法人合法權益的重要行政法規，法規草案或者主要內容應當通過新聞媒介予以公佈，允許利害相關人及專家學者提出意見和建議。

審定：行政法規的起草部門完成起草後，由起草部門將行政法規草案報送國務院審批。起草部門向國務院報送的行政法規草案應由起草部門主要負責人簽署，並附送該行政法規的草案說明和有關材料。法規草案規定由主管部門制定實施細則的，還應當附送實施細則草案。報送國務院審定的行政法規草案，在國務院審定前，事先由國務院法制局審查，並向國務院提出審查報告。行政法規草案的最後審定有兩種形式：一是由國務院常務會議或全體會議審議通過；二是由國務院總理審批。〔註12〕

不過根據以黨領政原則，國民黨與行政機構在政策制定間的關係是國民黨中央制定政策，然後由政府或從政黨員來執行黨中央制定的政策，「五院同受中央領導，行政院非經中央核定，不能自動創制行政政策」。〔註13〕

綜上所述，在訓政時期，本應由國家代議機關行使的創制法律職責和政權機關行使創制行政法規與規章的職責，演變成了國民黨的職責。

2、從立法程序來看

立法程序是指一定的國家機關在創制、修改、補充和廢止規範性法律文件的活動中所必須遵循的法定步驟和方法。

〔註11〕徐永康：《法理學》第224頁，上海人民出版社，2003年9月一版，2003年12月第二次印刷。

〔註12〕崔卓蘭主編：《行政法學》第139～140頁，吉林大學出版社，1998年12月第一版。

〔註13〕孫科：《關於憲草制定之經過及內容之說明》（1940年4月。在國民參政會第5次會議報告）立法院編：《中華民國憲法草案說明書》（1940年），沈雲龍主編：《近代中國史料叢刊》續編第81輯，第804冊，第164頁，文海出版社有限公司印行。

立法程序具有保障權利的功能。它一方面可以使立法權力處於規則的具體規範之下，立法權力的獲取、存在、運行、轉授或者變更，都依照規則行事，任何立法主體不得越雷池一步；另一方面，可以爲公民參與立法過程提供了直接或者間接的渠道，使公民的利益要求和權利主張在立法階段就受到關注，至少可以最大限度地防止對權利保障的忽視；與此同時，立法程序還爲立法者提供公平的權利保障：既保證法律按照多數人的意志產生，也保證少數人的意志受到尊重。〔註14〕

一般情況下，立法程序包括提出法律議案、審議法律草案、表決通過法律草案和公佈法律這四道程序。

以立法程序的角度考察南京國民政府時期，由於國民黨的黨政體制原則是以黨領政，國家的眞正權力中心和最高決策者是國民黨本身，而非該黨產生的權力集團——行政首腦及其五院。因此中政會是當時最高的立法和政治指導機關，這一時段的法律制定步驟爲提出法律案、政治會議確定法律原則、立法院各委員會和院會議決，國民政府公佈。

9.1.2 新聞自由與創制的憲法、《出版法》

新聞自由是憲法規定的言論、出版自由在新聞領域中的實施和表現。主要是指公民和媒介所擁有的新聞報導和意見表達的自由權利，尤其是有批評政府的權利。

1、南京國民政府時期我國新聞自由受到憲法和出版法的保障。

（1）憲法保障

憲法是一個國家的根本大法。通常規定一個國家的社會制度和國家制度的基本原則、國家機關的組織和活動的基本原則，公民的基本權利和義務等重要內容。憲法具有最高法律效力，是制定其它法律的依據，一切法律、法規都不得同憲法相牴觸。〔註15〕

言論出版自由自1908年起，一直是我國憲法內容之一，南京國民政府時期公佈了2個全國範圍的憲法文件，這2個文件都明確規定公民具有言論出版自由，但在程度上有區別。

〔註14〕徐永康：《法理學》第223頁，上海人民出版社，2003年9月一版，2003年12月第二次印刷。

〔註15〕張雲秀：《法學概論》（第二版）第71頁，北京大學出版社，2000年10月第二版重排本，2001年5月第二次印刷。

　　1931 年 6 月 1 日國民政府頒佈《中華民國訓政約法》，關於公民的言論出
版自由，《中華民國訓政約法》第二章人民之權利義務第十五條規定：「人民
有發表言論及刊行著作之自由，非依法律不得停止或限制之。」〔註 16〕第二
十七條又規定：「人民對於公署依法執行職權之行爲，有服從之義務。」〔註
17〕分析《中華民國訓政時期約法》對公民自由權利的規定，一個顯著的特點
是採取法律限制主義而非憲法直接保障主義。「非依法律不得停止或限制之」
的意思即人權的保障有賴於法律，而法律亦可限制人權。從這一方面來說，
約法對人權有實際保障但並不充分。此外，公署是政府機關的另一稱呼，在
國民大會尙未行使政權之時，第二十七條規定所述內容就存在這樣的可能，
即代表國民大會行使政權之國民黨或其領導下的國民政府可以根據某黨某人
意志立法而公民必須服從，由此前述公民的各項自由形同虛設。從這一點來
說《中華民國訓政約法》不但違背了憲法保護公民個人權利不被公權力所侵
害這一原則，而且以憲法性文件的形式爲公權力以法律形式侵害公民權利打
開了大門。在這一點上，《中華民國訓政約法》所賦予公民的言論出版自由遠
遠小於《中華民國臨時約法》時期的言論出版自由。

　　1931 年 5 月 21 日國民會議通過《中華民國訓政時期約法》，6 月 1 日公
佈實施。《中華民國訓政時期約法》第八十六條規定：「憲法草案當本於建國
大綱及訓政與憲政兩時期之成績，由立法院議訂，隨時宣傳於民衆，以備到
時採擇施行。」第八十七條規定：「全國有過半數省分達到憲政開始時期，即
全省之地方自治完全成立時期，國民政府應即開國民大金，決定憲法而頒佈
之。」1936 年 5 月 5 日頒佈了《中華民國憲法草案》，1946 年 12 月 25 日國
民大會通過《中華民國憲法》，1947 年 1 月 1 日國民政府公佈，1947 年 12 月
25 日施行。

　　就言論出版自由來說，1947 年的《中華民國憲法》有 7 條相關憲法規定，
它們是第 11、22、23、24、170、171、172 條。其中第十一條規定「人民有言
論、講學、著作及出版之自由。」第二十二條規定「凡人民之其它自由及權
利，不妨害社會秩序、公共利益者，均受憲法之保障。」第二十三條規定「以
上各條列舉之自由權利，除爲防止妨礙他人自由，避免緊急危難，維持社會
秩序，或增進公共利益所必要者外，不得以法律限制之。」第二十四條規定

〔註 16〕　《中華民國現行法規大全》第 2 頁，商務印書館，1934 年版。
〔註 17〕　《中華民國現行法規大全》第 2 頁，商務印書館，1934 年版。

「凡公務員違法侵害人民之自由或權利者,除依法律受懲戒外,應負刑事及民事責任。被害人民就其所受損害,並得依法律向國家請求賠償。」第一七〇條規定:「本憲法所稱之法律,謂經立法院通過,總統公佈之法律。」第一七一條規定:「法律與憲法牴觸者無效。法律與憲法有無牴觸發生疑義時,由司法院解釋之。」第一七二條規定:「命令與憲法或法律牴觸者無效。」

《中華民國憲法》對言論出版自由採取了憲法保障與憲法限制的表述,例如第 11、22、23 條。《中華民國憲法》以憲法形式從「對權利的保障、對權利的限制、對政府侵犯的限制」三個方面完整地對言論出版自由進行了保護,對濫用言論出版自由進行了限制,這是中國歷史上以前所沒有過的。《中華民國憲法》明文規定言論出版自由非依法律不得限制;規定只有在避免緊急危難、維持社會秩序或增進公共利益、防止妨礙他人自由所必要者時才可制定限制人民自由或權利之法律;只有法律,而不是行政法規或命令,可以限制公民言論出版自由,否則違憲;規定公民的言論出版自由受到公權力違法侵害時,不但要依法律懲戒,侵權者還應負刑事及民事責任;被害人可就其所受損害,依法向國家請求賠償。

(2)出版新聞法保障

南京國民政府制定了 2 部《出版法》,國民黨也制定了一系列新聞統制政策。雖然《出版法》是訓政時期的產物,並不是以建立民主法制國家為宗旨而制定的,制定的手段也是非民主化的居多,新聞法和出版法也沒有把「新聞自由」或者「言論自由」「出版自由」寫入法律條文,但是它們的頒布施行卻保護了公民和媒介的言論出版自由。

之所以這麼說,首先是因為嚴格意義上,新聞法和出版法的制定頒佈本身就意味著國家對於公民和媒介在言論出版時的權利、義務和責任進行了法律規範。意味著公民和媒介在依法享有言論出版自由的同時,負有不得損害社會和他人權利的義務。這裏公民和媒介的言論出版自由,作為新聞法規的一部分被包含在了法規裏。不管法律條款是否明文標出,新聞法規都會對其進行保護。

其次,法規的頒佈還意味著如果要修改法律,必須依照法律修改程序修改,以確保法律所保護的自由不受侵害。

在立法過程和法律實施中,管理者與公民、媒介的出發點是不同的。管理者往往從統治和管理的角度希望對言論出版加以限制,公民和媒介往往從

自由、正義、公正的角度要求給與保護，但是國家機關依照立法程序制定並頒佈法律後，這部法律即具有法律效力，儘管權力者未必是有法必依，但也會盡可能依法辦事。所以權力者只能通過修改報律來修訂對自己統治或者管理更爲有力的條款。這裏法律修改程序成了人們監督政府行爲合法與否的依據。1947 年《中華民國憲法》施行後長達 2 年的關於修改出版法的討論即是明證。

　　在法律實施中，報律和出版法的存在給公民和媒介的合法行爲提供了法律保護。新聞自由部分取決於憲法和法律的性質和規定，部分取決於法律的實施。並且法律的實施在更大的程度上左右著自由。因爲公民的自由是以法律形式存在的，但法律並不是自由權的自動保障，公民的自由權必須在實際的權利行使而導致的具體的權利衝突中，通過對權利及其衝突的公正、合理的安排和調整來實現。

　　2、立法者對新聞自由原則持肯定態度，認為言論自由是相對自由。

　　對新聞自由原則是否贊同重點在立法者的態度。

　　在南京國民政府時期立法者態度如何不可不看中政會，中政會態度如何不可不看蔣介石。蔣介石的態度很能說明其時立法者的態度。1945 年 4 月 2 日蔣介石與美國主筆協會代表福勒斯特等談話《對世界新聞事業之發展極爲重要》時說：「余對新聞自由之原則，甚表贊同，新聞交換自由如確有保障，於世界新聞事業之發展，實爲莫大之鼓勵，余信諸君此行必能完成使命。」〔註18〕

　　蔣介石認爲自由是相對的，自由應該在法律範圍之內，言論自由也不例外。1939 年 2 月 21 日蔣介石在第三次國民參政會閉幕會上作了題目爲《如何建立民主政治》的報告，報告中說：「民主政治不能當作無法紀、無制度、無政府的狀況來看；民主政治所依據的民意，必須是健全的，集體的，而且能代表大多數的意志；民主政治所賦予人民的自由，必須是不妨害公共利益，不違背國家法律的自由。尤其我們國家現在處於外患嚴重的時期，我們更要訓迪人民，尊重國家法令權力的絕對性，政府是國家權力之寄託者，是法律的執行者，也就是全體人民的保護者，爲了切實保護全體人民與整個民族的利益，對於破壞法紀，破壞制定者，就不能不依法制裁，凡依據法律的制裁，

〔註18〕　《先總統蔣公思想言論總集》，臺北，中央黨史委員會，民國七十三年十月三十一日，第●●●卷，第●●●頁。中央文物供應社，1984 年。

斷不能與壓迫混爲一談，無論在什麼民主政治的國家，都有政府制度和法律，民主政治下的制度和法律，尤其是要受人民尊重，而不能容許少數人的破壞，我們要在抗戰之中，奠立民主基礎，不但要使人民切實養成行使政權的能力，更必須使人民瞭解民主的眞諦。我們參政員是人民的領導者，要負起訓迪的責任，要保護國家的利益和全體人民的利益，對於藉口自由民主，而破壞國家法令制度，減弱整個抗戰力量的行爲，要一致發揮公正輿論的權威，而加以制止。我們要使一般同胞都明瞭現在爲抗戰要實行軍政，爲建國要實行訓政，這中間著不得一些虛僞，容不得有幾微障礙，我們必須借鑒以往的覆轍，切實遵循總理遺教所訂的步驟，爲眞正的民主政治，奠立永久而良好的基礎。」

1955 年 4 月 5 日蔣介石在題目爲《保障人權及言論自由各問題》的文章中這樣寫道：「我們爲實現民主，必須保障人權；爲爭取自由，先有言論自由；這是政府勇往邁進的目標。還有關於停止報刊發行處分的問題，這也不能與言論自由混爲一談。原來自由是應該在法律範圍之內的，言論自由，亦復如此。對於刊載不正當文字的報刊，政府依出版法規定，予以定期停止發行的處分，這是合法，並且合理的措施。否則誨淫誨盜，甚至危害國家民族的文字，任其發揮，則腐蝕民心，擾亂秩序，其後果必致不堪設想。依照出版法規定，對於情節重大者，作爲期一年以下之停止發行，這並非妨礙言論自由，而正是保障合法的言論自由。」〔註 19〕

3、官員對報刊批評政府持肯定與歡迎態度。

自清末開始，報人一直是以監督政府嚮導國民爲其使命和責任的，批評政府是監督政府的具體表現，那麼政府官員對於批評的態度和行爲可以反映當時的新聞自由狀況。在南京國民政府時期，多位政府官員在記者招待會上公開表明自己的態度和立場，誠心誠意接受報刊批評。

1927 年汪精衛曾對上海各報館各通訊社記者說：「如今是以黨治國，欲求黨的行動眞能代表民衆的利益，適合民衆的需要，有權力集中之利，而無專制之弊，則黨內的監督與黨外的批評，實爲必要。黨內的監督，是監察委員會，黨外的批評，最關重要的就是各報館。兄弟希望在談話會的時候，預備會議的時候，以至正式會議的時候，關於一切提案，及各委員的言論行動，各報館都以嚴正的態度，加以切實之批評。兄弟是誠心誠意準備接受各報館

〔註 19〕 《先總統蔣公思想言論總集》，臺北，中央黨史委員會，民國七十三年十月三十一日，第●●●卷，第●●●頁。中央文物供應社，1984 年。

之批評的。」〔註 20〕在報界提出言論自由要求後，汪精衛「即起立答覆云，此事兄弟當即轉告各委員並盡力建議，以後除關於軍事消息，有關軍事秘密外，其餘各黨務政治等，應有絕對之自由，推想各委員亦能容納。」〔註 21〕

同年，江蘇省政府常務委員兼代秘書長何玉書說：「新聞記者乃民眾之喉舌，輿論之代表，其責任及地位，可謂與政府並立。」〔註 22〕「（新聞記者）代表民眾參與政治監督政府，爲新聞界應盡之天職。當茲以黨治國時代，省政府所一切設施，是否遵循國民黨黨綱黨義，適合三民主義建國方略，盡可充分指導，抉發無遺。」〔註 23〕

1933 年江蘇省政府主席顧祝同所：「報紙是政府的指針。報紙另一方面的責任，在忠實的紀實國內外政治民生的狀況，對政府的設施，予以公正而確當的批評。好比一具指南針，指示政府以政治的方向，這自然是政府所極需求的。尤其是江蘇方面，最近期間，遭遇了極大的水災，又首當國難之際，受了極大地犧牲。民生的痛苦和施政的困難俱達於極點。兄弟及省府同人，極盼望言論界儘量的來指導我們，幫助我們，時時拿地方民眾實際所受的痛苦，供給我們知道，以補行政方面考察所不及；一方面對我們所做的事不客氣的予以指教，使我們得以參考而謀改進，這是我們所最盼望的。」〔註 24〕

9.2 執法

執法分爲司法和行政執法兩部分，關於行政執法前面三章已經論述，本節不再重複，僅論述跟媒介有關的司法判決。在第二歷史檔案館、南京檔案館、金陵檔案館、上海檔案館、重慶檔案館等檔案館的開放檔案中，有一些跟媒體有關的司法檔案。這些檔案的裁決書可以從一個方面表明這一時期國家對新聞自由的看法。下面分述之。

9.2.1 採寫新聞報導事實、本於善意發爲評論原爲報人天職，尚無破壞公共秩序妨害民間善良風俗之撰述，自爲法所不禁。

《東南日報》第五版體育版專欄《桑榆隨筆》刊登了一篇題目爲《招待

〔註 20〕　《汪精衛昨日招待各報記者》《申報》1927 年 11 月 26 日。
〔註 21〕　《汪精衛昨日招待各報記者》《申報》1927 年 11 月 26 日。
〔註 22〕　《蘇省政府招待新聞記者》《申報》1927 年 5 月 22 日。
〔註 23〕　《蘇省政府招待新聞記者》《申報》1927 年 5 月 22 日。
〔註 24〕　《顧祝同招待新聞記者》《申報》1933 年 1 月 8 日。

不周的因素有二》的文章，評論中確有不當之處，批錯了對象，被批評者向上海法院提起訴訟，法院裁決是不予起訴，理由有三，一是採寫新聞報導事實、本於善意發爲評論原爲報人天職，尚無破壞公共秩序妨害民間善良風俗之撰述，自爲法所不禁。二爲某則新聞某日言論超越出版品登載事項之限制，則有待於事實及證據之認定。茲告發人等所陳告各節並無具體事證可供斟酌，亦難使負刑事責任。三、該報已於同月十五日在原刊載隨筆之第五版登有啓事一則，對於記載各點已逐一依法更正，足見確無毀損告訴人等名譽之故意。

以下爲隨筆、更正、起訴書與不予起訴處分書。

隨筆《招待不周的二因素》〔註25〕

許多人都說全運會招待不周，尤其是海外來的歸僑，而更有許多人奇怪：敢說敢話的東南日報何以不筆伐！

關於這一點，我認爲有兩種因素：

因全運籌備太匆促，發通告時似乎嫌得不夠周詳，類如未曾向海外僑胞說明「你們要隨時帶鋪蓋來的」。因爲全運籌備會明白地說「供給住」，但「住」決不是單純的，「中訓團」可解決一切。參加過十三年前的第六個全運會者固然明瞭「住」的釋義，但從來未曾來過的泰、菲、馬等（我不是說上述單位未曾參加過全運，但此番來的與十三年前完全不同），單位大部是乘飛機來的，他們當然未曾攜帶被褥，於是感到招待不同了，這是一個根本問題。

中訓團的管理當局並不單純。全運會只與其中的一位恰妥，其它的幾位九表示反對，於是，代表隊一入中訓團便遭遇不同情緒的待遇。

何況中訓團都是八年抗戰的英雄，誰也得欽仰而遠之的！

有了這樣兩個根本的因素，招待之所以不周不能不說是有前因的。

更正

〔註25〕 上海檔案館，全宗號 q186，目錄號 2，案卷號 0030543。

本報啟事

查五月四日辦報第五版所載「招待不周的二因素」一文，更正數點如下：

中訓團僅水產班一單位；

對於全運選手代表招待事，應有大會負責，與中訓團無關；

中訓團官佐學員，對選手代表曾舉行歡迎招待會，並無不同情緒之事實；

本報對抗戰英雄素具欽仰之情，對水產班八百建國先鋒，猶為敬佩。

編者

法院裁決、起訴書和不予起訴處分書

上海地方法院檢察處

案號　三十七年度偵文字第七二九二號

收案　民國三七年六月三十日

結案　民國三七年八月二八日

案由　妨害名譽

被告　東南日報　桑榆記者

檢察官　徐定戡

偵查結果　不起訴

事由　懇請對東南日報及桑榆記者違反出版法第十七條第二十一條各項，第二十二條及觸犯刑法第三百十條二項各罪進行偵察由

受文者　上海地方法院首席檢查官

附件　如各處均有之東南日報

日期　中華民國三十七年五月十一日

字號　禦侮字第2號

駐地　上海（5）中訓團水產班

本市東南日報一再負責登載侮辱並誹謗抗戰軍人之文稿，除去年八月因罵國軍軍人為「臭烏龜」曾由該報書面表明為黨國經營立

場與中訓團相同，請免予追究外，該報本月四日體育版桑榆隨筆，文復妄自臆測，對抗戰軍人極盡侮辱誹謗。

該報既為黨國經營，平時不多做總理遺教及總裁言行之闡揚與報導，而以圖賺錢之刺激，新聞占最大篇幅——如筱丹桂之死，王伴婚變案，社會瑣聞諸萬夫人每日清潭之類，並為刺激而不惜歪曲捏造——如全運會選手招待不周責任之認為，使上海社會風俗益趨淫樂與噱頭，人民益求趣味低級，實犯有出版法第二十二條及二十一條罪嫌，該報所稱之抗戰英雄為中華民國利益之保護者當無疑義，而抗戰軍人歷因該報之惡意宣傳，致轉業困難糾紛時有，國家因以受損失者不可勝紀，且值此戡亂建國時期，國家依靠軍人者實多，該報竟令其喪失第二生命，頗有損害中華民國利益處，而儘量鼓動人民「狡兔死走狗烹」心理，猶令此心理傳之海外——全運會由各地華僑選手甚多，更大大斬傷社會醇厚風俗，在此打風盛行之時，該報及其記者肆意捏造事實以詆毀軍人而圖刺激其情感，並有意圖破壞公共秩序之罪嫌，關於此次桑榆事件發生後，中訓團水產班曾於本月七日致全運會一函，請轉該報更正並道歉，本受害學員亦以直接關係人身份，向該報提出辯駁，書具真實姓名與地址，於是日由郵政掛號寄達，迄今均已時逾三日，該報俱未於原隨筆地位登載及任何適應處登載，實違法出版法第十七條。

該報一再違反出版法第十七條第二十一條各項及第二十二條並觸犯刑法三百十條二項罪嫌，理合提出追訴與告訴並保留所有軍人因詆毀而損害之一切要求賠償權。謹此懇請對該報及其撰文記者違反與犯罪事實進行偵察與檢舉。

本直接受害人因公需即可離滬，已另文呈請中訓團水產班為所有受害人之全權代表，以便出庭。

謹呈上海地方法院首席檢察官

直接受害人之一　廖池城　具

上海地方法院檢察官不起訴處分書

三十七年度不字第五零七八號

被告桑榆年籍不詳東南日報記者住南京路三七七號

　　右開被告因妨害名譽嫌疑一案（民國三十七年度偵文第七二九二號）經本檢察官偵查終結認爲應不起訴。茲敘述理由如後。

　　按刑法第三百十條第二項之誹謗罪以散佈文字或圖書於眾而指謫或傳述足以毀損他人名譽之事實，爲其構成要件，本案被告桑榆繫上海東南日報體育版記者，與本年度五月四日該報第五版隨筆欄中負責具名刊有「全運會籌備委員會向海外選手明白說明供住但住決不是單純的，中訓團可解決一切中訓團的管理當局並不單純，全運會只與其中的一位洽妥其它的幾位就表示反對，於是代表隊一入中訓團便遭遇不同情緒的待遇」等語，經該團水產班學員廖池城、甘崇道等認爲有誹謗嫌疑，狀訴偵查，到處查報上引各節雖非悉屬翔實，然覈其語義不過表示全運籌委會對於海外健兒未能進同一招待之能事，尚無單獨指責該團負責人之存心，且係抽象概括之詞，殊乏誹謗故意被告之文字，即不足以毀損告訴人等之名譽，則居上開法條規定，顯有未符。至說東南日報以最大篇幅刊載富於刺激指社會新聞甚至不惜出處以歪曲捏造，使社會風氣益趨淫樂，人民趣味群驚低級，實有違出版法規定云云，雖經告發人等屢述指訴，然採寫新聞報導事實本於善意發爲評論原爲報人天職，尚無破壞公共秩序妨害民間善良風俗之撰述，自爲法所不禁。東南日報是否有側重社會新聞以謀廣拓銷路，姑置不論，而起某則新聞某日言論超越出版品登載事項之限制，則有待於下列事實及證據之認定。茲告發人等所陳告各節並無具體事證可供斟酌，亦難使負刑事責任，又查該報已於同月十五日在原刊載隨筆之第五版登有啓事一則，對於記載各點已逐一依法更正，足見確無毀損告訴人等名譽之故意。綜上所述，應認爲被告等犯罪嫌疑不足。今依刑事訴訟法第二百三十一條第十款處分不起訴。

　　　　　　　　　　　　　　　檢察官　徐定堪
　　　　　　　　　　　　中華民國三十七年八月二十八日

9.2.2 散佈文字足以毀損他人名譽之事實，能證明其爲真實者不罰。

　　1946 年上海英文字林西報刊刊載文章稱，前德國民族觀察報記者沈克曾在德國受特別訓練，充任納粹最高司令部之工作人員，美國當局稱，該沈克

曾奉令派赴重慶，揭發所有在沿海各城市活動之重慶方面秘密工作人員，並尋覓美國人及其它被禁人員逃至中國自由區之路線。沈克起訴美國合眾通訊社記者侖道爾妨害名譽，上海地方法院認爲沈克確係德國總司令部情報處「愛哈特」機關之特派員，在上海不法從事於軍事活動，籍以反抗美國及其盟友，搜集編輯和傳達有關美國及其盟友海陸空軍事活動消息，並供給「愛哈特」機關其它有利於日軍之報導與援助，既經美軍駐華總司令部查明起訴在案，復經本年六月十八日駐華美軍總部公告處快報披露無遺，則被告在字林西報刊佈上開新聞，不爲無據。況自訴人既因戰犯羈押於美軍駐華司令部，爲自訴人所承認，則被告更無誹謗之可言。以報刊散佈文字足以毀損他們名譽之事實，能證明其爲眞實者不罰爲由，判決侖道爾無罪。下面爲判決書全文。

上海地方法院刑事判決〔註26〕

三十五年度自易字第 541 號

自訴人：沈克 w.sche.ke 男，32 歲，德國人住霞飛路 2030 號 2 號公寓文件由姚肇第律師代收

代理人：姚肇第律師

被告：侖道爾 W.G.Rundle 男，39 年，美國人，業新聞記者，住中正東路九號美國合眾通訊社

選任辯護人：陳霆銳律師

右被告因妨害名譽案件經自訴人提起自訴本院判決如左：

主文：侖道爾無罪

理由：

本件分兩部說明：

（一）程序問題

查刑事訴訟法第三百十一條規定，犯罪之被害人得提起自訴，是提起自訴者，只須因犯罪而直接被害之人別無何項限制，故是否敵國人民或戰爭罪犯而遭送回國者，均非所問。本件自訴人係德國僑民，將遭送回國，璿經美軍駐華總司令部以戰爭罪犯嫌疑提起公訴，尚羈押於美軍駐華司令部，依照首開說明，在我國政府未有停

〔註26〕上海檔案館，全宗號 7（4）卷宗號 346。

止敵僑行使訴權之法令以前，尚非不能提起自訴。況 1907 年海牙陸戰法規管理公約第 23 條規定「除有特別條約所定例禁之外，其特加禁止者如左：……其第八款載明『將敵國人民之權利或訴權宣告為無效，或在法庭上停止之，或不能執行之』等語，按此項規定，在戰鬥章內在戰鬥當時尚屬如此，在戰鬥休止以後，其不能停止敵國人民之訴權，更屬當然之解釋；蓋訴權若不允許，則其一切私權將被非法侵害，有亂社會秩序，故近代國際公法對於敵國人民居住在交戰國法院管轄區域內者，均加保障，其訴權多不因而停止，國際法學者，即各國判例不乏先例」（參照 Oppenheim, International Law ii PP 258～259 Briggs, law of nations, Cases, documents and notes pp783～790, Inchair　legal effects of war, pp 122～124）

　　在查我國刑法褫奪公權者僅褫奪為公務員之資格、公職候選人之資格，行使選舉罷免、創制復決四權之資格，刑法第三十六條定有明文，訴權並不再被褫奪之列，則自訴人縱係戰犯而被褫奪公權，其訴權仍無影響，引刑事訴訟法第 295 條規定應諭知不受理之判決者，計一、起訴之程序違背規定者，二、已經提起公訴或自訴之案件在同一法院重新起訴者，三、告訴或請求乃論之罪，未經告訴請求或其告訴請求經撤回或已逾告訴期間者，四、曾為不起訴處分或撤回起訴而違背第 239 條之規定再行起訴者；五、被告死亡者，六、對於被告無審判權者，七、依第八條之規定不得為審判者，對於敵僑及戰爭罪犯起訴者，並未列舉在內，若不受理，於法無據，是本件自訴人之自訴在程序上尚無不合。特先說明。

（二）實體問題

　　查本件自訴意見，指三十五年四月十六日上海英文字林西報刊有：「前德國民族觀察報記者沈克曾在德國受特別訓練，充任納粹最高司令部之工作人員，美國當局稱，該沈克曾奉令派赴重慶，揭發所有在沿海各城市活動之重慶方面秘密工作人員，並尋覓美國人及其它被禁人員逃至中國自由區之路線」之記載，係被告所經理之美國合眾社所發佈之新聞，任意毀損其名譽等語；本院查散佈文字足以毀損他人名譽之事實，能證明其為真實者不罰，刑法第三百十條第三項載有明文，本件自訴人沈克，確係德國總司令部情報處「愛

哈特」機關之特派員，在上海不法從事於軍事活動，籍以反抗美國
及其盟友搜集編輯和傳達有關美國及其盟友海陸空軍事活動消息，
並供給「愛哈特」機關其它有利於日軍之報導與援助，既經美軍駐
華總司令部查明起訴在案，復經本年六月十八日駐華美軍總部公告
處快報披露無遺，則被告在字林西報刊佈上開新聞，不爲無據。況
自訴人既因戰犯羈押於美軍駐華司令部，爲自訴人所承認，則被告
更無誹謗之可言。至本年四月十六日新聞報申報所披露之新聞，既
非被告合眾社所發佈，自與被告無涉，且足證自訴人爲間諜幾爲公
知之事實，非僅被告一人其事實之非虛，尤可概見。

再自訴人提出之旅行護照，雖足證明自訴人於 1941 年 7 月已由
重慶經貴陽入越南轉河內來申，但自訴人抵申後，非不能再赴重慶，
不足爲自訴人並非間諜之證明，其提出陳介基伍紹淑之證明書，故
不論此項證明書之效力，與具結之證言不同，難採爲判決之基礎，
而被告確係間諜，既經美軍司令部查明起訴在案，尚難以空泛之證
明書相對抗，被告所發佈之新聞，既足證明其非虛構，且非與公共
利益無關，其行爲既不應處罰爰爲諭知無罪之判決。

據上論結應，以刑事訴訟法第三百三十五年第二百九十三條第
一項判決如主文。

中華民國卅五年九月二十七日

9.3 守法

守法是實現法治不可或缺的條件。

守法是指國家機關、社會組織和公民個人依照法的規定行使權利（權力）
和履行義務（職責）的活動。其中尤其以政府守法爲重。因爲個人的違法比
起政府的違法來，前者的危害程度很有限，後者的危害程度，往往波及全民。
因此只有法律高於政府，這樣才能防止權力對權利的侵害。只有法律高於政
府，政府受制於法，政府依法行政，才能形成一個法治政府，只有一個法治
政府才有一個法治社會。這裏的「政府」包括一切掌握國家管理權力或執政
的個人、群體、組織或機構，不僅僅指行政機構。

9.3.1 政府守法

　　作爲一個與「人治」相對立的概念，法治本身就是爲了通過法律遏制政府權力而不是爲了通過法律管治普通民眾而提出來的。任何社會裏的政府皆有權威，法治所要求的政府權威乃是置於法律之下的權威。政府不同功能的機構要各自獨立，權力界限清楚，不可相互侵擾。要求政府官員依法辦事。政府只能做法律明文規定的事，人民則可以作一切法律沒有明文禁止的事。憲法保護人民的言論、出版、集會和結社權，政府侵犯這些權利要受司法部門的懲罰。法律對各類政府職能界限的規定越清晰，對政府違規的懲罰越嚴屬，個人的自由就越能得到保障。

　　要實現法治，需要制定一種符合法治要求的法律制度。一方面，要通過法律的普遍、公開、明確、穩定、可預期等品性來體現，另一方面，要通過關於立法、司法、行政的一套制度性安排來保障。這種制度要求主要有三：第一，官方行爲與法律一致。第二，設立合理的、嚴格的適用和解釋法律的程序。最後，也可能是最重要的，建立分權制衡的政府權力結構。這樣的權力結構有一種對法律權威的內在需求，並能夠遏制任何一種權力凌駕於法律之上，避免出現政府的任何一種權力分支（如立法、行政或司法）「自己立法、自己解釋、自己執行」的情形。〔註27〕

　　要實現法治，必須樹立司法威權。

　　司法沒有權威，法律便沒有權威。司法威權包含兩個基本要素。第一，法院應該有權通過司法程序審查政府其它部門的行爲，以判定其是否合乎法律。如果政府行爲的合法性不能由獨立的法院來驗證，就難以使政府機構的運作通過法律並置於法律之下。第二，司法獨立。司法如果依附於法律以外的權威，便不可能依靠司法來實現法律的統治。司法獨立不僅僅是審判獨立，它包含一系列關於法官任命方法、法官任期安全、法官薪金標準以及其它服務條件的規則。這些規則旨在保障法官個人免於外部壓力，獨立於除法律權威以外的一切權威，因此對於保持法治頗爲關鍵。另外，司法獨立不僅僅依靠關於司法體系的制度設計，它在很大程度上還有賴於司法階層作爲一種獨立的社會力量的崛起。〔註28〕

〔註27〕夏勇：《法治是什麼？——淵源、規誡與價值》《中國社會科學》1999 年第 4
　　　　期。

〔註28〕夏勇：《法治是什麼？——淵源、規誡與價值》《中國社會科學》1999 年第 4
　　　　期。

要實現法治，司法公正必不可少。

只有法官公正地地適用法律，才能通過法律來伸張社會正義，當事人也才會受法律的引導。不然的話，人們就只能根據其它的考慮而不是根據法律來猜測法院的決定。培根說，一次不公的判決比多次不公的行為禍害尤烈，因為後者不過弄髒了水流，前者卻敗壞了水源。有時候，即便立法不公，司法公正也有助於保障個人的權利與自由。司法公正首先指在適用法律上的公平。這種「王子犯法，與庶民同罪」的道理在中國古人那裏已經說得很明白。〔註 29〕

在現代司法裏，適用法律的公平要求形成一個保證獲取真相和正確執法的、包括審判、聽證、證據規則、正當程序在內的制度結構；同時，協調好司法過程中不同權利的衝突，如公平審判權利與新聞自由權利的衝突，公開審判與公共安全的衝突等，確保審判不「因公共喧嚷而有先入之見」。其次，法律公正還要求在擁有法律資源上的公平。對普通人來講，到法院打官司應該是容易的，這樣，個人主張其法定權利的能力便不會因訴訟的長期拖延或過度花費而耗盡。〔註 30〕

而南京國民政府時期，《訓政綱領》第 6 條規定，「在訓政時期政權由國民黨代表行使；政府由黨產生，對黨負責；施行約法之治，其法由黨制定，至於在運用上，乃是中央政治委員會（1937 年後為國防最高委員會所代替）作為黨與政府的橋梁的」。〔註 31〕二屆五中全會發表的《訓政大綱說明書》闡述黨和政府間的關係是：政府負執行訓政之責，政府有接受黨已確定之政策、方案並執行之義務，「有政必施，有令必行」。〔註 32〕甚至「黨的決議，事實上，甚或形式上就等於法律；而且黨更可以用決議的方式隨時取消或變更法律。」〔註 33〕

據此形成如下兩個事實：首先，就言論自由而言，憲法所規定的限制公權力的原則在《出版法》中並未體現，國民黨及國民政府等部門手中的公共

〔註 29〕 夏勇：《法治是什麼？——淵源、規誡與價值》《中國社會科學》1999 年第 4 期。

〔註 30〕 夏勇：《法治是什麼？——淵源、規誡與價值》《中國社會科學》1999 年第 4 期。

〔註 31〕 李時友：《中國國民黨訓政的經過與檢討》《東方雜誌》第 44 卷，第 2 號，1948 年 2 月。

〔註 32〕 《申報年鑒》（民國 24 年）第 126 頁。

〔註 33〕 王世杰、錢端升：《比較憲法》第 425 頁。

權力不受法律約束和限制，就變成了一匹脫繮野馬，具備了肆意侵害媒體與公民言論自由權利的條件和可能。其次，國民黨在國民政府五院之上，分權制衡的政府權利結構形同虛設，司法威權無從談起。

9.3.2 媒體守法

在南京國民政府時期媒體違法主要分爲兩種：一是非法出版。非法出版的意思是指違反《出版法》中關於出版登記的法律規範，不作登記，擅自出版。在南京國民政府時期除戰爭階段外，出版是自由的，只需要作相應登記。二是刊載禁載內容。在出版法的禁載內容裏既包括不得妨害風化、維護司法威權這樣的通識內容，也包括政治性內容。第二章至第四章已經詳細闡述，此處就不贅述了。

對於媒體與公民而言，知法懂法是守法的前提。因爲知法懂法才不敢輕易違法，客觀上起到了守法的效果。

結　論

　　論文把南京國民政府執政的 22 年分爲四個時期，它們分別是訓政和平時期、訓政戰爭時期、戰後恢復時期和戰時憲政時期。綜觀這四個時期南京國民政府制定的新聞出版法律法規，法定情況下公民有如下的出版自由和言論自由：

　　1927～1936 年是訓政和平時期。

　　這一時期分爲兩個階段，以 1936 年 5 月 5 日國民政府公佈《中華民國憲法草案》爲界。

　　前一個階段新聞法律法規主要包括二點內容：出版可自由，但國民黨和政府同時負責媒體創辦的登記和審核；言論有禁載，這一階段的新聞傳播法的內容有普通法所含有的禁止危害國家安全、危害公共秩序等內容，也有處於政治原因而禁止的內容；採取的禁載方式是事前檢查方式。不過這一階段的新聞檢查具有它的特殊之處，是在政府頒佈相關法律法規，以法律形式保障公民的言論出版自由的前提下進行的。事實上在 1927～1936 年這一時段南京國民政府數次取消新聞檢查，國民黨中央執委會數次頒布新聞檢查辦法和標準，新聞檢查反反覆覆，幾起幾落，一直沒有停止。

　　1936 年 5 月 5 日，國民政府公佈《中華民國憲法草案》，之後的新聞出版法律法規內容依舊是出版可自由，黨和政府同時負責媒體的創辦與審核；與前不同的登記名錄裏增加了資本數目，對報刊發行人資格有新要求：規定新聞紙發行人需或有學歷或有從業經歷。其中在教育部認可之國內外大學或專科學校畢業得有證書者即爲合格，其它情況則需要服務新聞事業三年或以上。但對編輯記者資格未作限制。言論禁載方面，這一時期禁載內容跟上一

階段相比，禁載內容有所減少，特別是政治之禁載方面。不過法律條文中依舊有「意圖顛覆國民政府」「意圖破壞公共秩序」「意圖破壞中國國民黨」等字樣，依舊採取的是「危險傾向」原則。

1937 年～1945 年是訓政戰爭時期。

這一時期分兩個階段，以 1941 年 12 月 8 日日本偷襲珍珠港，太平洋戰爭爆發為界。

1937 年 8 月 14 日至 1941 年 12 月 7 日是中國獨立抗日時期。這一階段國民政府在出版方面依舊註冊出版但新報暫緩辦理，加強了登記管理；在言論方面從三方面進行統制：首先，新聞發佈採取統製辦法；其次，對於合法公開出版物，頒佈了一系列關於新聞檢查和圖書雜誌原稿審查的文件，成立了戰時新聞檢查局和圖書雜誌審查委員會。戰時新聞檢查局下設各省市戰時新聞檢查所、各重要縣市戰時新聞檢查室，圖書雜誌審查委員會分為中央圖書雜誌審查委員會和各地圖書雜誌審查委員會，這些戰時新聞檢查機構和圖書雜誌審查機構共同組成了一個戰時新聞、圖書、雜誌檢查網，來確保言論出版合乎戰時需要；第三，管控印刷所以杜絕書刊秘密發行。

1941 年 12 月 8 日至 1945 年 9 月 2 日，這一階段為太平洋戰爭階段。這一階段國民政府採取了批准登記制，調整報社、通訊社和雜誌社的分佈，管製版面篇幅，對報刊雜誌的記者、編輯、發行資格有了學歷規定，要求報刊雜誌的記者編輯發行加入由行政機關管理的新聞記者公會。對新聞實行事前審查，對圖書採取原稿審查制度，除不得違背立國最高原則，不得危害國家利益、破壞公共秩序外，在外交和軍事方面也有禁載。禁載方式在 1944 年抗日戰爭進入反攻階段後，公開承認過去的檢查辦法有失當之處，6 月 20 日，放寬禁載標準，並將審查方式改為事前審查（原稿審查）和事後審查（印刷品審查）兩種。8 月 7 日，國民政府宣佈廢止 1940 年頒行的《戰時圖書雜誌原稿審查辦法》。

1945 年～1947 年是戰後恢復時期。

這一階段，1947 年 6 月 1 日，國民政府行政院成立新聞局，接替國民黨中央宣傳部主管全國新聞事業，規定各地報社、通訊社、雜誌社原應寄送中宣部的出版品一律改寄行政院新聞局。第一階段有如下四個方面內容：查封敵偽報紙、通訊社和雜誌；允許官辦報紙、通訊社原地恢復出版。允許官辦新報、新通訊社登記出版；允許商辦報紙、通訊社核准後原地恢復出版。限

制商辦新報、新通訊社創辦；所有報紙、通訊社強制登記，政府核准後方能出版。

1947～1949 年是戰時憲政時期。

這一階段有如下兩個方面內容：限制報刊出版與登記，報紙、通訊社強制登記，即登記後方能出版。言論方面至 1948 年 8 月尚未見國民政府頒佈正式的新聞檢查標準。新聞採取事後檢查制度。

從法治的視角看南京國民政府時期的新聞出版法，得出如下結論：

立法方面：

從立法主體來看，本應由國家代議機關行使的創制法律職責和政權機關行使創制行政法規與規章的職責，演變成了國民黨的職責。

從立法程序來看，由於國民黨的黨政體制原則是以黨領政，國家的眞正權力中心和最高決策者是國民黨本身，而非該黨產生的權力集團——行政首腦及其五院，因此中政會是當時最高的立法和政治指導機關，這一時段的法律制定步驟爲提出法律案、政治會議確定法律原則、立法院各委員會和院會議決，國民政府公佈。

從所立之法來看，立法者對新聞自由原則持肯定態度，認爲言論自由是相對自由。官員對報刊批評政府持肯定與歡迎態度。南京國民政府時期我國新聞自由受到憲法和出版法的保障。

司法方面：

採寫新聞報導事實、本於善意發爲評論原爲報人天職，尚無破壞公共秩序妨害民間善良風俗之撰述，自爲法所不禁。

散佈文字足以毀損他人名譽之事實，能證明其爲眞實者不罰。

守法方面：

首先，就言論自由而言，憲法所規定的限制公權力的原則在《出版法》中並未體現，國民黨及國民政府等部門手中的公共權力不受法律約束和限制，就變成了一匹脫繮野馬，具備了肆意侵害媒體與公民言論自由權利的條件和可能。

其次，國民黨在國民政府五院之上，分權制衡的政府權利結構形同虛設，司法威權無從談起。

參考文獻

（一）清末民初的文獻資料

清末民初時期的奏摺

1. 光緒三十三年十二月民政部、法部奏摺，見戈公振《中國報學史》第 269 頁，中國新聞出版社，1985 年 11 月。

2. 軍機大臣會奏資政院復議報律第十二條施行窒礙照章分別居奏摺，見劉哲民：《近現代出版新聞法規彙編》第 44 頁，學林出版社，1992 年 12 月。

3. 民政部奏擬定報館暫行條規摺，見《東方雜誌》第一期第 29～31 頁。

4. 憲政編查館奏考覈報律原摺清單，國立北京圖書館第 26181 號。

5. 宣統二年八月資政院奏摺、軍機大臣奏摺，見戈公振《中國報學史》第 271 頁，中國新聞出版社，1985 年 11 月。

6. 資政院奏議決修正報律繕單呈覽請旨裁奪摺，見劉哲民：《近現代出版新聞法規彙編》第 37 頁，學林出版社，1992 年 12 月。

7. 奏為酌擬修正報律草案加具按語繕單恭摺仰祈聖鑒事，見《民政部奏摺彙存》第一冊第 89～90 頁，全國圖書館文獻縮微複製中心出版 2004 年 6 月。

清末民初時期的新聞報導和評論

《大公報》

1.1906 年 3 月 16 日，警部飭由廳丞轉覆報館文。

《申報》

1.1898 年 9 月 15 日《整頓報紙芻言》。

2.1906 年 9 月 12 日專電。

3. 1906 年 10 月 14 日論說《論警部頒發應禁報律》。

4. 1906 年 10 月 16 日專電。

5. 1906 年 10 月 31 日《論警部禁賣新書報》。

6. 1906 年 11 月 13 日《外城總廳申警部文》。

7. 1907 年 10 月 4 日申報《憲政館咨請妥改報律》。

8. 1907 年 10 月 26 日《民政部核議報界條陳》。

9. 1908 年 1 月 3 日專電。

10. 1908 年 1 月 7 日《軍機處覆核報律》。

11. 1908 年 1 月 8 日專電。

12. 1908 年 1 月 18 日二版專電。

13. 1908 年 1 月 24 日《申報》。

14. 1908 年 2 月 5 日第二張第四版緊要新聞《民政部法部會奏擬定報律》。

15. 1908 年 2 月 17 日專電。

16. 1908 年 2 月 19 日緊要新聞《編制局核改報律》。

17. 1908 年 3 月 3 日申報《政務處會議報律》。

18. 1908 年 3 月 6 日緊要新聞《外部編訂租界報律》、西報譯要《中國報律之實行》。

19. 1908 年 3 月 15 日專電。

20. 1908 年 3 月 17 日《十二日憲政館議覆報律略有修改》。

21. 1908 年 3 月 23 日《改竄報律紀》。

22. 1908 年 4 月 20 日《審訊〈京華報〉經理述聞》。

23. 1909 年 9 月 25 日《吉林時報緩期出版》。

24. 1910 年 5 月 22 日五版《北方日報出版一日之原因》。

25. 1910 年 10 月 3 日專電。

26. 1910 年 12 月 8 日《胡思敬固仇視報館者》。

27. 1910 年 12 月 25 日《國民公報停版原因》。

28. 1911 年 7 月 1 日《何廣東報界之多不幸》。

29. 1912 年 3 月 6 日專電。

30. 1914 年 3 月 31 日專電。

31. 1914 年 4 月 1 日，《又將有報紙條例出現》。

32. 1914 年，4 月 3 日緊要新聞《新報律未即公佈之原因》。

33. 1914 年 4 月 4 日專電。

34. 1914 年 4 月 7 日《對於新頒報律之北京報界觀》。

35. 1914 年 4 月 7 日英文京報之論調。

36. 1914 年 4 月 14 日緊要新聞《北京報界同志會之陳情書》。

37. 1914 年 4 月 15 日專電。

38. 1914 年 4 月 15 日緊要新聞《官中之新報律理由説》。

39. 1914 年 4 月 16 日緊要新聞之文告中之報紙與律師《實行報紙條例之見端》。

40. 1914 年 4 月 17 日緊要新聞《關於新報律之商榷者》。

41. 1914 年 4 月 19 日《字林報論報律》。

42. 1914 年 5 月 9 日《外人對於新約法的批評》。

43. 1914 年 5 月 20 日專電。

44. 1914 年 8 月 3 日《〈大自由報〉得續出版之原因》。

45. 1914 年 10 月 3 日《時敏報停版之原委》。

《神州日報》

1. 1907 年 6 月 11 日專電。

2. 1907 年 9 月 20 日《報館暫行條例之效力如何》。

3. 1908 年 4 月 19 日第一頁論説《監謗政策之爭議》。

（二）南京國民政府時期的文獻資料

檔　案

1. 第二歷史檔案館，全宗號七─八，案卷號 224。

2. 第二歷史檔案館，全宗號七，案卷號 9929。

3. 第二歷史檔案館，全宗號 7，案卷號 911。

4. 第二歷史檔案館檔案，全宗號七，案卷號 5758。

5. 第二歷史檔案館汪僞文化教育，全宗號二〇〇二，案卷號 498。

6. 第二歷史檔案館行政院，全宗號 2（2）案卷號 1916。

7. 第二歷史檔案館，全宗號七～八，案卷號 71。

8. 第二歷史檔案館，全宗號 7，案卷號 8811。

9. 第二歷史檔案館，全宗號十二，案卷號 2009。

10. 第二歷史檔案館，全宗號 12，目錄號 2，案卷號 693。

11. 第二歷史檔案館，內政部警政，全宗號 12，目錄號 2，案卷號 693。

12. 第二歷史檔案館，全宗號 10，案卷號 2494。

13. 上海檔案館，全宗號 q179，目錄號 1，案卷號 9。

14. 上海檔案館，全宗號，q131，目錄號 4，案卷號 3006。

15. 上海檔案館，全宗號 q131，目錄號 4，卷號 205。

16. 上海檔案館，全宗號 q186，目錄號 2，案卷號 0030543。

17. 上海檔案館，全宗號 7（4）卷宗號 346。

18. 南京檔案館，全宗號 1003，目錄號 3，案卷號 3。

19. 南京檔案館，全宗號 1003，目錄 3，卷號 2241。

新聞報導和評論

1.《申報》1927 年 11 月 26 日。

2.《申報》1927 年 5 月 22 日。

3.《申報》1933 年 1 月 8 日。

4.《申報》1949 年 4 月 27 日。

5.《大公報》1931 年 5 月 11 日。

6.《民國日報》1928 年 12 月 17 日。

7.《新華日報》1938 年 6 月 9 日。

8.《解放》（周刊）第 18 期，1937 年 10 月 2 日。

文　集

1.《中華民國現行法規大全》，商務印書館 1934 年版。

2.《中國民國六法理由判解彙編，會文堂新紀書局，民國 36 年。

3.《申報年鑒》（民國 24 年）。

（三）中華人民共和國時期的文獻資料

大陸出版

專　著

新聞學

1. 陳玉申：《晚清新聞史》，山東畫報出版社 2003 年 1 月。

2. 方漢奇：《中國近代報刊史》，山西人民出版社，1981 年 6 月第一版，1982 年 3 月太原第 2 次印刷。

3. 戈公振：《中國報學史》，中國新聞出版社，1985 年 11 月。

4. 黃瑚：《中國近代新聞法制史論》，復旦大學出版社，1999 年 8 月。

5. 李瞻：《比較新聞學》，國立政治大學新聞研究所印行，民國六十一年五月初版。

6. 孫旭培：《新聞學新論》，當代中國出版社，1994 年 7 月。

7. 孫旭培：《論社會主義新聞自由》見《新聞學新論》當代中國出版社，1994 年 7 月。

8. 蘇進添：《日本新聞自由與傳播事業》，致良出版社，中華民國 79 年 10 月初版。

9. 蕭燕雄：《新聞傳播制度研究》，嶽麓書社 2002 年 3 月。

10. 于衡：《大清報律之研究》，臺灣中華書局，中華民國七十四年五月出版。

11. 鄭保衛：《當代新聞理論》新華出版社 2003 年 11 月。

史學

1. 胡繩：《從鴉片戰爭到五四運動》，人民出版社，1981 年 6 月第 1 版，1982 年 3 月北京第 2 次印刷。

法學

1. 崔卓蘭主編：《行政法學》，吉林大學出版社，1998 年 12 月第 1 版。

2. 劉憲權：《刑法學》，上海人民出版社 2005 年 2 月。

3. 莫紀宏、徐高著：《戒嚴法律制度概要》，法律出版社，1996 年 6 月版。

4. 王健編：《西法東漸，外國人與中國法的近代變革》，中國政法大學出版社，2001 年 8 月。

5. 徐永康：《法理學》，上海人民出版社 2003 年 9 月第一版，2003 年 12 月第 2 次印刷。

6. 張雲秀：《法學概論》（第二版），北京大學出版社 2000 年 10 月第二版重排本，2001 年 5 月第二次印刷。

7. 張根大等：《立法學總論》，法律出版社，1991 年 8 月。

8. 周旺生：《立法學》，法律出版社 2000 年 9 月第二版，2001 年 2 月第二次印刷。

政治學

1. 錢端升：《論中國的戰時政治體制》（1942 年 4 月），《錢端升學術論著自選集》。

2. 田湘波：《中國國民黨黨政體制剖析（1927～1937）》，湖南人民出版社 2006 年 3 月。

3. 楊奎松：《國民黨聯共與反共》，社會科學文獻出版社 2008 年。

4. 殷嘯虎：《近代中國憲政史》上海人民出版社，1997 年 11 月。

5. 趙金康：《南京國民政府法制理念設計及其運作》，人民出版社 2006 年 11 月。

論 文

1. 王學珍：《清末報律的實施》，見《近代史研究》1995 年第 4 期。

2. 夏勇：《法治是什麼？──淵源、規誡與價值》《中國社會科學》1999 年第 4 期。

3. 張宗厚：《清末新聞法制的初步研究》，見《新聞研究資料》總第八輯。

4. 春楊：《清末報律與言論、出版自由》見於《法學》第 16 頁。

5. 李斯頤：《清政府與清末報業高潮（1901～1911）》。

6. 屈永華：《憲政視野中的清末報刊與報律》見《法學評論》2004 年第 4 期。

7. 孫季萍、王軍波：《清末報律：在創新和守舊的夾縫中》見《政法論壇》。

8. 賀衛方：《名人的名譽權官司》，南方周末，1998 年 4 月 17 日。

文 集

1. 湯志鈞編：《康有爲政論集》上冊，中華書局，1981 年，北京。

資 料

1. 《國民黨政府政治制度檔案史料選編》上冊，安徽教育出版社，1994 年版。

2. 《胡適往來書信選》，中國社會科學院近代史研究所中國民國史組編，中華書局，1979 年。

3. 劉哲民：《近現代出版新聞法規彙編》，《學林出版社》1992 年 12 月。

4. 《孫中山全集》，中華書局 2006 年 11 月。

5. 沈雲龍主編：《近代中國史料叢刊》續編第 81 輯第 804 冊，文海出版社有限公司印行。

6. 中國大百科全書《中國歷史》（縮印本），中國大百科全書出版社，1994 年 7 月。

7. 《中國大百科全書》（新聞出版卷）中國大百科全書出版社，1990 年 12 月第一版，1996 年 4 月第三次印刷。

8. 《中華民國史檔案資料彙編》第五輯第一編文化江蘇古籍出版社，1994 年 5 月。

9. 中國出版史料（近代部分）第二卷，湖北教育出版社 2004 年 10 月。

10. 《中國國民黨歷次代表大會及中央全會資料》光明日報出版社，1985 年版。

11. 《中共中央抗日民族統一戰線文件選編》檔案出版社，1986 年 5 月。

臺灣出版

1. 李瞻：《比較新聞學》國立政治大學新聞研究所印行，民國六十一年五月初版。

2. 劉振鎧：《中國憲政史話》，近代中國史料叢刊續編第 81 輯，文海出版社有限公司印行，中華民國 49 年 2 月。

3. 蘇進添：《日本新聞自由與傳播事業》致良出版社，中華民國 79 年 10 月初版。

4. 《先總統蔣公全集》，臺北，中國文化大學出版社，1984 年版。

5. 《先總統蔣公思想言論總集》，臺北，中央黨史委員會，民國七十三年十月三十一日，中央文物供應社，1984 年。